雖然是公會的櫃檯小姐，但因為不想加班所以打算獨自討伐迷宮頭目 3

uketsukejou saikyou

[著] 香坂マト

[ill] がおう

雖然是公會的櫃檯小姐，但因為不想加班所以打算獨自討伐迷宮頭目

uketsukejou saikyou

登場人物介紹

CHARACTER:1

亞莉納・可洛瓦

從事理想的職業「櫃檯小姐」的少女。不奢求有大成就，只想過安心、穩定的小日子，對現在的工作很滿意，但工作量持續過大時，會顯露出不為人知的一面……？

CHARACTER:2

處刑人

傳說中手段高明的冒險者，會在攻略不下的迷宮中颯爽出現，單獨討伐頭目後，一言不發地離去。雖然有人說本人一定是大帥哥，但存在本身仍是謎。

CHARACTER:3

傑特・史庫雷德

公會最強隊伍「白銀之劍」的隊長，位置是盾兵（Tank）的青年。誠實不驕傲的個性與端正的外表使他有眾多粉絲。知道亞莉納的真實身分後，一直想邀她加入隊伍，但──

CHARACTER:4

露露莉・艾修弗特

隸屬於「白銀之劍」的補師（Healer）。外表看起來很童稚，其實是最強隊伍的一員，能使用稀有技能與治癒魔法。

CHARACTER:5

勞・洛茲布蘭達

「白銀之劍」的後衛（Back Attacker），是隊上專門炒熱氣氛的青年。身為黑魔導士，擅長強力的攻擊魔法。

CHARACTER:6

萊菈

伊富爾服務處的櫃檯小姐，亞莉納的後輩。有著迷妹的一面，正熱衷於帥哥（？）冒險者處刑人。

CHARACTER:7

葛倫・加利亞

伊富爾冒險者公會的會長。自己也曾是「白銀之劍」的最強前衛（Top Attacker）。

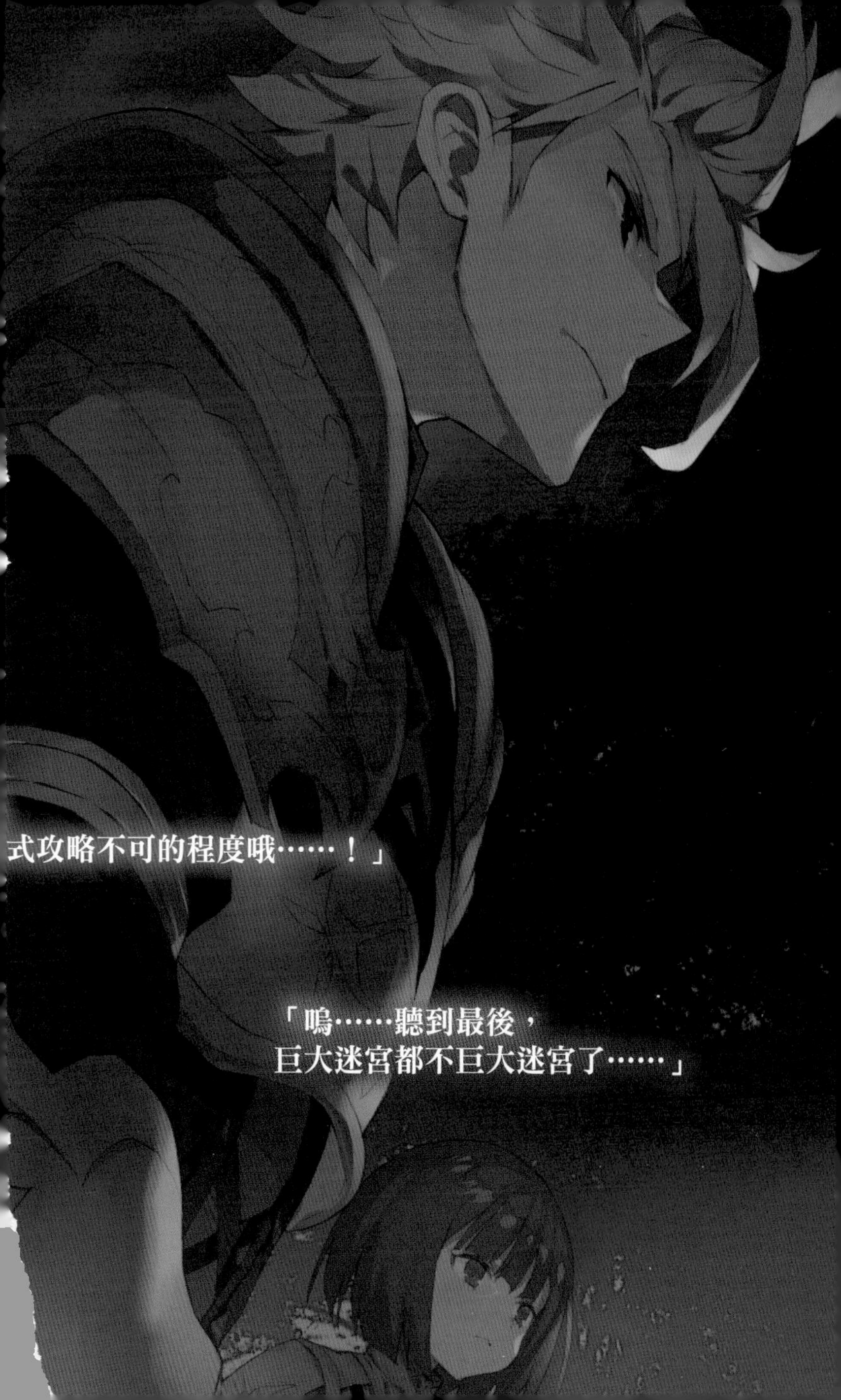
式攻略不可的程度哦……！」
「嗚……聽到最後，
巨大迷宮都不巨大迷宮了……」

「這巨大迷宮可沒巨大到
我們非得照巨大迷宮的方

「傑特，頭目的房間在哪個方位？」
「方、『方位』嗎？不是現在已知的攻略路線之類的？

雖然是公會的櫃檯小姐，但因為不想加班所以打算獨自討伐迷宮頭目

uketsukejou saikyou

3

[著] 香坂マト
[ill] がおう

1

「啊啊啊啊啊啊啊啊我想回家啊啊啊啊啊啊──」

時鐘的指針轉到午夜零時的瞬間，櫃檯小姐亞莉納•可洛瓦發出慘叫。

深夜的伊富爾服務處辦公室裡，除了亞莉納以外，沒有任何人。

被堆積如山的文件與代替營養劑的魔法藥水包圍，瘋狂加班中的亞莉納趴在桌上，潸然淚下。

「本來以為今天的部分總算、總算完成的說……！」

因疲勞而沙啞的嗓音顫抖不已。沒錯，今天的業務應該在幾秒前全部處理完畢了才對。為了在零點前回家，亞莉納發揮出驚人的集中力，迅速處理完那些可恨的委託書──本該是如此的。

直到發現腳邊地上，還有許多待處理的文件為止。

「是啊……因為桌子已經堆不下了，所以先把這些放在腳邊的，正是幾個小時前的我……！可是、可是，就算是那樣，為什麼要在這個時間點，發現這些的存在呢……！」

亞莉納喃喃自語著，將身體靠躺在椅背上，看起來有如快融化的半固態生物。在以為加班結束的那一瞬，發現還有一大堆事情沒做的「追加加班」的殺傷力非比尋常，心靈脆弱的人說不定會被逼瘋，是攻擊力非常可怕的災難。

「……呵……呵呵，呵呵呵呵。」

最終亞莉納的悲泣，漸漸轉變成危險的笑聲。

從上週起，亞莉納就一直處於這種地獄般的加班狀態了。如今苦極反笑。

她翠綠色的眸子緩緩亮了起來，看向放在旁邊辦公桌上的報紙。

那是冒險者公會刊行的《冒險者時報》。在被稱為冒險者之都的大都市伊富爾中，是大多數市民習慣閱讀的出版品，也是最普遍取得新資訊的方法。攻略中迷宮的最新情報、有名冒險者的活躍事蹟、裝備或遺物（Relic）的販售消息……等等，內容包羅萬象，只要與冒險者沾得上邊，全都在刊載範圍之內。

而占了那報紙一整個大版面的頭條，正是現在間接使亞莉納受苦的原因。

『攻略困難，巨大迷宮』——非常簡潔的標題。

內容刊載著數週前才剛被發現的新迷宮。

無能冒險者們躍躍欲試地去挑戰迷宮也就算了，許多人卻就此失蹤，回來的人數不到一半，是簡單易懂的卡關狀況。害亞莉納最近必須夜夜加班的委託書，超過九成都是這個迷宮的申請手續。

再翻開下一頁，標題則寫著：

『成員不足的白銀，終於要展開攻略』。

白銀——隸屬於冒險者公會的精英隊伍《白銀之劍》。雖然是由精挑細選的強者組成的隊伍，可是前陣子頻頻遭遇身負重傷的狀況，再加上一直沒找到適合的前衛（Top Attacker），成員不足，因此最近不太積極活動。但在新的巨大迷宮攻略進度停滯的情況下，他們似乎終於得披甲上陣。

——不過，已經來不及了。

「呵呵呵呵。」

亞莉納發出空洞的笑聲，搖搖晃晃地走進更衣室，打開上鎖的置物櫃。櫃子裡有一件與妙齡少女非常不相襯的粗獷斗篷。

「沒路用的～冒險者們～♪」

痛苦過度，反而哼起歌了。

「頭目～去死吧～♪」

沒有其他人的更衣室裡，唰地穿上斗篷的瞬間，原本因疲勞而有氣無力的少女消失了。

在場的，只有眼中散布著透出疲倦感的血絲，但目光異常晶亮的可怕身影。

「我宰了你。」

2

「這、這就是新的……巨大迷宮……」

冒險者們集合在敞開的迷宮入口前，嘈雜地議論著。

他們之所以如此動搖，是因為不久之前從迷宮走出的四名生還者的緣故。

那是在巨大迷宮中徘徊了好幾天，遍體鱗傷、身心俱疲的隊伍。光是成員中沒出現死者，就可以說是不幸中的大幸了吧。那傷痕累累的慘狀，切實地訴說著巨大迷宮的可怕。

「雖然運氣好回來了，可是變成這個樣子……」

「那麼，比他們早進去，而且還沒出來的人，不就……」

咕嘟。某位冒險者忍不住吞了吞口水。什麼攻略不下來、什麼巨大迷宮——直到以傳送裝置（水晶門）來到巨大迷宮為止，原本都還氣焰囂張的冒險者們，如今每個都像死人般安靜。

就在這時——喀！伴隨著清脆的腳步聲，一支隊伍從傳送裝置出現。

又有不知死活的傢伙來了？冒險者們如此心想，回過頭，卻在看見來人後再次驚愕不已。

「白……《白銀之劍》！」

不，冒險者們之所以一片譁然，並非因為受了重傷、目前幾乎停止活動的白銀出現，而是因為默默地走在白銀最後方的那名冒險者之故。

以連著帽兜的斗篷包覆全身，手中沒有武器、身上也沒有穿戴護具的零武裝冒險者——

「「處刑人!?」」

好幾人驚訝地大叫。處刑人——突然出現在難以攻略、必須四人一組（Party）攻略的迷宮中，單獨（Solo）討伐頭目，轉眼之間把整座迷宮強行攻略完畢，充滿謎團的冒險者。

原本只被當成都市傳說的處刑人，最近偶爾會以《白銀之劍》的前衛之姿登場。如今，那處刑人堂而皇之地準備挑戰巨大迷宮。

「喂，那是本尊嗎!?」

「真的假的？我第一次看到他……個子意外地小耶。」

沐浴在冒險者們困惑與敬畏的眼神中的處刑人——亞莉納呼地吐出一口氣。她鞭策著受連日加班而睡眠不足、營養不足雙重打擊的身體，向半空勉力舉起手：

「發動技能，〈巨神的破鎚〉。」

隨著詠唱，亞莉納腳下出現白色的魔法陣。足以驅散迷宮昏暗的強烈光芒，凝聚在她伸出的手掌中，從中出現巨大的銀色戰鎚（War Hammer）。

「……出、出現了！傳說中只有處刑人才擁有的神域（蒂亞）技能……！」

在場的冒險者們都忘了攻略之事，專心地看著處刑人的一舉一動。順帶一提，由於早就知道冒險者們會盯著自己了，所以除了以斗篷遮臉，亞莉納還特地戴上面具，防護重重。

亞莉納舉重若輕地把巨大戰鎚擱在肩上，對站在最前方的盾兵(Tank)傑特•史庫雷德輕聲發問：

「傑特，頭目的房間在哪個方位？」

「方、『方位』嗎？不是現在已知的攻略路線之類的？……好吧，我看看。」

聽了這個問題，傑特只有不好的預感。他流著冷汗，發動技能。

「發動技能〈百眼獸士〉。」

超域技能(西格魯德)的紅光凝聚在眼中，傑特以強化後的感官觀察整座巨大迷宮。

「偏東……不，從這裡算的話，是正東方吧。可以感覺到那裡有濃烈的乙太。」

「喂、喂，你們聽到了嗎!?」

聽聞傑特的話，冒險者們頓時雙眼放光。

「聽到了，頭目的房間在東邊……！要趁白銀攻略之前先進去才行！」

其他冒險者總算想起自己的任務，爭先恐後地衝進迷宮。

瞭解。亞莉納無視那些冒險者，說了這麼一句後，朝傑特指示的方向，舉起巨大的戰鎚。

「……吶，亞莉納小姐，我好像知道妳想做什麼……可是所謂的巨大迷宮，是因為它是巨大的迷宮，才會被稱為巨大迷宮哦。」

「少囉唆。」

亞莉納以一句話讓欲言又止的傑特閉嘴，咬牙切齒地瞪著冰冷的牆壁。

「這巨大迷宮可沒巨大到我們非得照巨大迷宮的方式攻略不可的程度哦……！」

「嗚……聽到最後，巨大迷宮都不巨大迷宮了……」

站在後方擔任補師（Healer）的白魔導士露露莉・艾修弗特抱頭呻吟。亞莉納置若罔聞地架起戰鎚，向組成巨大迷宮的高聳外牆而去。

「喝啊!!」

使盡全力、充滿加班怨恨的一記敲擊砸中牆壁。轟然巨響後，迷宮冷硬的高牆瞬間崩塌了。

亞莉納從牆壁的破口向前走，揮動巨大的戰鎚，一路擊碎行進方向的牆壁。

砰！轟！巨大迷宮搖晃了起來。亞莉納不由分說地將所有位在傑特指示的方向上的牆壁一一打碎，往前邁進。

「…………………」

其他留在原地觀望的冒險者們，呆若木雞地看著那暴力過頭的攻略法。

「喂……以我們的力量……應該、沒辦法打壞牆壁吧……」

「是、是啊……就連我的遺物武器（Relic Arma），也沒辦法在牆壁上劃出任何傷痕……」

「不好意思，讓我插個嘴。」

有著一頭顯眼紅髮的白銀後衛（Back Attacker），黑魔導士勞・洛茲布蘭達將手按在發怔的冒險者肩上，以輕佻的語氣道：

「頭目我們會討伐的，你們還是趁現在多狩獵一些徘徊在迷宮裡的魔物賺錢如何？」

冒險者們總算回過神。

「說、說的也是……」

「既然處刑人來了，頭目肯定會被秒殺的！」

「快點！要去狩獵魔物了哦！」

沒發現勞是繞著圈子在趕人，剩下的冒險者們也慌忙地消失在迷宮深處。

3

「有這種攻略法嗎……？」

亞莉納聽著跟在身後的傑特以困惑的語氣說道，又拆了一面牆繼續前進。

「想當年，地下迷宮花了五十年才攻略完畢……這座迷宮也被說成必須花那麼多時間攻略呢……」

勞也以傻眼的聲音接話。

「我想建造這座迷宮的先人，應該也沒有料到會被人打壞牆壁，一直線地抵達終點吧。」

「但是因為多了一條直線通往出口的路，之前在迷宮裡迷路的冒險者們的生還率也提高了，算是一石二鳥吧……不過，努力想出各種機關的先人有點可憐就是了。」

「吵死了。」

亞莉納以眼神讓從剛才起就一直在身後碎碎唸的三人閉嘴。一行人已經來到巨大迷宮的深處，周圍沒有其他冒險者的氣息，亞莉納也摘下了煩人的面具。

「不要把人說得像犯規一樣好嗎？誰教這迷宮的牆壁這麼薄。」

「一點也不薄吧……是說沒想到亞莉納小姐居然願意幫忙攻略迷宮。」

「我可沒說要幫忙。」

「咦？」

「我是為了結束加班，來設法儘快消滅頭目的！」

「……」

好像哪裡不對。亞莉納無視那些視線，瞪著頭目房間的所在方位。

接著她自語般低喃：

「我啊……不論如何，都一定要參加下週的『櫃檯小姐共同研習會』哦……！」

「咦？」

「可是卻有加不完的班，因為迷宮攻略不下來，所以工作量不減反增……繼續忙下去的話，主管一定會以『人手不足』當理由，不讓我參加研習的……！」

亞莉納握緊戰鎚，強硬地敲壞擋在眼前的牆。這麼雄偉的迷宮，居然是為了櫃檯小姐的研習而被攻略的嗎……傑特空虛的感想，亞莉納置若罔聞。

4

以簡單粗暴的方式前進的亞莉納，來到與先前的光景截然不同的場所。

這裡不是走廊，而是一個巨大的空間。而且裡面滿是白色的蜘蛛網，看不出原本是什麼模樣。

「到了……頭目的房間。」

位在樓層最深處，凝聚了最多誕生於迷宮的乙太的偌大房間——只有迷宮中最強的魔物能占領此處，因此魔物被稱為頭目，場所被稱為頭目的房間。

也許是這些蜘蛛絲會發出寒氣，頭目的房間冷得像嚴冬的早晨。一行人向深處前進幾步，一隻巨大的蜘蛛從天花板懸吊下來。

那隻蜘蛛身體呈詭異的紫色，八隻眼睛滴溜溜地轉動著，嘴部生著巨大的獠牙。駭人的模樣使露露莉不禁發出哀號。

「嗚噫噫噫噫噫我最怕蜘蛛了。」

「去死吧——!!!!」

亞莉納無視露露莉女孩子氣的慘叫，一鎚擊向垂吊下來的巨大魔物。

戰鎚在第一時間擊飛頭目，啪嚓！蜘蛛發出令人發毛的聲音，重重撞在牆上。

「噫噫噫噫好噁心嗚嗚嗚！」

翻肚的蜘蛛八腳朝天地掙扎不已，可是動作愈來愈慢，那副龐大的身軀在完全停止活動的那一刻，化為煙霧消散。

「阿拉克涅……！蜘蛛巢中的阿拉克涅是很棘手的魔物！雖然來不及了，不過還是讓我說一下這句吧。」

傑特把無法及時說出的警告說完，將原本拔出的劍收回腰間的劍鞘裡。儘管他舉著遺物武器的大盾牌，可是在吸引敵視（仇恨）之前，頭目就死了，身為盾兵的他因此無事可做。

「原來是蟲啊。」

亞莉納一臉嫌棄地說道——就在這時。

一股殺氣猛地從她身後湧現。

「！亞莉納小姐，後面——！」

傑特發現不對，正出聲提醒時，躲在巢穴中的另一隻阿拉克涅已經撲向了亞莉納。

嘶呀啊啊啊啊!!

阿拉克涅發出令人戰慄的威嚇聲，張開生著獠牙的嘴，朝亞莉納噴出白色的蜘蛛絲。轉眼之間，亞莉納的身體就被層層纏住，無法動彈。

「亞莉納小姐！」

傑特緊張地拔劍。阿拉克涅的蜘蛛絲堅韌如鋼鐵，光是一條絲線，就能撐住阿拉克涅巨大的身體。人類被那樣的絲線纏住的話，就算力氣再大，都無法——

「哼！」

沒想到亞莉納一聲大喝後，啪！伴隨響亮的碎裂聲，蜘蛛絲被全數扯斷。

「噢哇。」

那驚人的光景，使傑特不由自主地停下腳步。阿拉克涅似乎也沒想過自豪的蛛絲會被蠻力扯斷，驚訝地朝旁邊跳開。重獲自由的亞莉納，在飄落的蛛絲中喃喃低語。

「蜘蛛真好……可以窩在迷宮深處建造舒適的家，哪裡也不去，悠悠哉哉地過日子……」

亞莉納對發出就阿拉克涅而言毫無道理的殺氣，巨大的銀色戰鎚反射著危險的光。

「我啊……可是被你們害得沒辦法回我最喜歡的家哦……！」

說完，氣勢洶洶的亞莉納一個踏步，倏地逼到阿拉克涅面前。

「你就和這個巢穴一起去死吧啊啊啊啊——!!」

充滿恨意的咆哮迴蕩在頭目房間裡，巨大的銀色戰鎚一擊將阿拉克涅化為碎屑。

5

「對了，今年的櫃檯小姐共同研習會，亞莉納小姐也會參加是吧！其實那天，我們白銀也會以講師的身分參加哦。」

轉眼之間打倒巨大蜘蛛的亞莉納一行人，沿著貫穿巨大迷宮的通路回去時，露露莉突然說道。

露露莉發出得意的聲音挺胸說著，亞莉納眨起眼睛。

「講師？白銀？當櫃檯小姐的講師？」

下週的櫃檯小姐共同研習會，是針對位在伊富爾所有服務處的新人實施，一年一次的共同研習會。

每個服務處都會以新人為中心，派出兩、三名櫃檯小姐到公會總部參加三天兩夜的研習。

「是今年才開始的特別講座。」

傑特回答她的疑問。

「由白銀進行模擬戰，好讓櫃檯小姐瞭解冒險者工作時的情況。不過只是表演性質的而已。」

「唔哇……傑特也會來嗎……」

「別露出和聽到加班時同樣嫌棄的表情啦。」

「反正你一定會在研習時站在教室後面當跟蹤狂吧。」

「嗚咕！」

似乎被猜中心聲，變態跟蹤狂表情一僵，肩膀劇烈跳動。但傑特很快地揚起嘴角，得意地反駁：

「如果是以前的我，確實有可能那麼做……但！現在的我不一樣了！」

傑特瞪大眼睛，將手舉在胸口，用力握拳，熱烈地說了起來。

「我已經發現了，為了讓亞莉納小姐理會我，首先要除去『跟蹤狂』這個汙名，升格為『普通人』才行……！所以我不會再做出類似跟蹤狂的行為，這樣才能提升亞莉納小姐的好感度。我把這作戰命名為『改善印象大作戰』！」

「那你就安靜地呼吸，再也別說話吧。這樣我對你的印象就會變好了。」

「……亞莉納小姐……」

亞莉納的毒辣發言，瞬間澆熄了傑特眼中熊熊燃燒的烈火。原本以為他眼角泛淚了，沒想到下一瞬，眼中的火焰再次猛烈地燃燒。

「不，我不能因此消沉。亞莉納小姐來公會總部研習的這段期間，我一定要『脫離跟蹤狂』，讓亞莉納小姐對我改觀……！」

「隊長的情況不是『先從當朋友開始』，而是先被認可為普通人類嗎——這條路很漫長呢。」

勞無所謂地嘟噥，一旁的露露莉用力點頭。

「但是就戀愛白痴的傑特來說，已經算畫對重點了。」

「話說回來，亞莉納小姐也會參加研習啊？」傑特忽然發問：「我還以為伊富爾服務處一定是新人萊菈來參加……論年資的話，亞莉納小姐應該不算新人了吧。」

「……那、那是因為……」

傑特精準地點出事實，這次換亞莉納說不出話。

的確，下週的「櫃檯小姐共同研習會」，是針對剛入行的新鮮人櫃檯小姐舉辦的。派已經入行三年的亞莉納參加那種研習，根本沒有意義。

其實這次的研習，原本是只有剛進服務處的新人萊菈要參加。但亞莉納威脅……不對，「拜託」服務處的上司，也就是處長，得到了參加今年研習的權利。

對亞莉納來說，她有非參加今年研習不可的理由。

「總之有種種原因啦。」

亞莉納說著，交握雙手，看著上方，眼神發亮地繼續說道：

「再說，研習根本是天堂……！只要坐在教室聽課，就能過完和平的一天，不用和麻煩的冒險者打交道，時間到了就準時下課，回宿舍過夜……不用加班！是夢一般的世界哦……！」

「嗯？在宿舍過夜，是指在公會總部的研習大樓過夜嗎？」

露露莉似乎想到什麼，表情變得很僵硬。

「是啊，怎麼了嗎？」

「不，那、那個……」

露露莉欲言又止地忸怩了一會，最後抬眼看向亞莉納。

「嗚……亞莉納小姐，請妳發誓不會笑我。」

「我不會笑妳的。」

「公……公會總部……」

露露莉用力握緊自己的小手，做好覺悟似地說出口：

「……『有鬼』出沒！」

「好，既然已經解決頭目了，快點回家睡覺吧。」

「亞莉納小姐————！請妳別當成沒聽到啦————!!」

露露莉用力揪著處刑人的斗篷，亞莉納傻眼地看著她。

「呃……因為妳說什麼，有鬼？」
「我就說嘛露露莉，就算鬼會怕亞莉納妹妹，亞莉納妹妹也不可能怕鬼哦。」
「沒有任何感應力的勞不要說話！」
露露莉大聲叱責勞，亞莉納則露出恍然大悟的表情。
「對了，露露莉是使用治癒魔法的白魔導士……也就是與幽靈正反兩極的存在……所以看得到鬼，是這樣嗎！」
「我完全看不見。」
「回去時順便買個蛋糕好了。」
「請聽我說啦——」
「可是……妳不是看不見嗎？」
「是這樣沒錯，可是有很多人說他們看到鬼了！也就是說事實就是那樣！雖然我看不見！」
「既然看不見，那就無所謂吧？」
「當然有所謂——！如果在某些時刻突然看得見的話該怎麼辦？比如看向床鋪底下的時候……和誰對上眼睛的話！或者把腳露出被子外面，被誰抓住的話！」
「……」

亞莉納對露露莉恐懼過頭的模樣有點受不了，又突然想到一件事。

「是說，我從來沒聽說過公會總部裡鬧鬼的傳聞啊……」

「正確來說，是公會總部裡的『研習大樓』裡鬧鬼。」

公會總部裡有研習專用的建築物。不只櫃檯小姐，隸屬冒險者公會的技術部門與偵察部門等等……所有部門的新人研習都會在研習大樓進行。由於研習大樓附有宿舍，所以很適合作為人數眾多的大規模研習的場所。這次的櫃檯小姐共同研習會，當然也是在研習大樓內過夜。

「亞莉納小姐，妳沒聽說過嗎？每年櫃檯小姐的研習會時，幾乎都一定會有目擊情報……比如在深夜聽到痛苦的慘叫，或是看到死神之類的……」

這麼說來，與研習有關的事，亞莉納知道的確實不多，應該說其他櫃檯小姐根本不太提研習時發生的事。

亞莉納正對此感到驚訝，露露莉已經繼續說下去了。

「公會總部原本是名為『灰色城塞』的S級迷宮。直到當時的白銀完全攻略為止，許多冒險者在那裡喪命，是非常難以攻略的迷宮。」

「這我當然知道……」

原本是S級迷宮的「灰色城塞」在完全攻略後，被作為公會總部使用，是相當有名的事。

現任公會會長葛倫・加利亞曾經是冒險者，也是當時《白銀之劍》的隊長，「灰色城塞」

就是他攻略的最後一個迷宮。當時攻略灰色城塞的白銀成員，除了葛倫之外全數戰死，可以知道那是多麼難以攻略的迷宮。當時的白銀以生命為代價完成攻略的英勇事蹟，至今仍然被冒險者們傳頌著。

「其實，灰色城塞還是迷宮時，就有這樣的傳說了——『迷宮裡有死神』。」

「死神？」

「當時有許多人在灰色城塞裡莫名失蹤。本來走在身邊的隊友，一轉眼就不見了，但是現場沒有被魔物攻擊的痕跡。不論怎麼尋找，也找不到那些人的身影。到今天為止十五年過去，仍然沒有發現任何當時失蹤人們的屍體。所以他們一定是被死神帶走了……被帶到死者的世界。」

露露莉愈說，臉色變得愈難看。別再談這件事比較好吧？亞莉納心想，猶豫著該不該說出口，可是露露莉繼續用這個話題嚇自己。

「每年有人目睹幽靈的日子，都是櫃檯小姐舉行研習會的那天……而且鬼只會出現在櫃檯小姐住的『研習大樓』……！在那種地方過夜，不會覺得恐怖嗎!?」

「就算真的有鬼好了，我可是得在無人辦公室，熬夜加班到半夜的人哦？怕鬼的話事情就做不完了。」

「這說法太有說服力了……！」

「……話說回來，露露莉妳知道嗎？聊這種話題啊，就會把『那個』吸引過來哦？」

勞瞇著眼睛，為了嚇唬露露莉，壓低聲音說著。

「噫！」

「然後啊，理論上來說，『那個』會先從最害怕的人開始攻擊……所以妳今天晚上最好小心一點喔？比如洗頭時要小心背後，或照鏡子時裡面的身影，還有沒關緊的門縫後面……」

「不要再說了——」

「勞，不要嚇唬露露莉玩啦。」

露露莉被半開玩笑的勞嚇得臉色慘白，牙齒顫得格格作響。傑特見狀，誇張地聳肩。

「亞莉納小姐，妳也看到了吧。露露莉完全沒有感應力，對上幽靈時也沒有戰鬥力。如果研習時妳會怕，就儘管來找我吧。」

「如果能把你除靈，不知該有多好。」

「我是惡靈嗎!?」

亞莉納無視傑特的抗議，走出巨大迷宮。

6

——稍微回溯時間。

亞莉納化身為處刑人，攻略巨大迷宮的幾天前，伊富爾服務處舉行了每個月一次的朝會。

就算說是朝會，平常也只是服務處處長會簡短致詞，宣布一些聯絡事項便結束。由於大部分的聯絡事項都會以書面通知，很多事情早就知道了，所以以前每天都要舉行的朝會逐漸流於形式，改成每週一次，最後變成每個月一次。

雖然說流於形式，可是這天的朝會有點不一樣。

「呃——今天啊，總部交待了一些注意事項。」

處長以與平常略有不同的方式開場。

「由於我們伊富爾服務處的加班時數特別多，總部希望我們減少加班時間。」

處長困擾地皺起八字眉。亞莉納聞言倒抽一口氣，隔壁的萊菈也尷尬地眼神亂飄。

伊富爾有好幾個冒險者服務處，其中規模最大的伊富爾服務處的櫃檯小姐，與其他服務處相比，業務量特別龐大，因此加班時間特別長，已是眾所周知的事。可是最近因為謠言以及隱藏迷宮的出現，伊富爾服務處的加班時數，似乎已經高到連總部都無法忽視的程度了。

當然，其他資深櫃檯小姐也都得加一定程度的班，然而加班時數卓絕群倫的，是亞莉納。最近萊菈的加班時數也顯著變多了。

都是妳們兩個，害我被總部告誡了。如果服務處主管這麼說，她們無法反駁。但若是硬要要求她們減少加班時間，也是不可能的事，問題十分棘手。

亞莉納警戒著主管接下來可能針對自己說的抱怨，沒想到他已經自顧自地說了下去。

「我想妳們應該也很清楚，近年來公會內部一直提倡『改革工作方式』，希望能盡可能減少加班時間，以適當的工作時長，維持身心健康。說起來，加班本來就是異常狀況，總部會這麼說也是理所當然。」

——說的比唱的好聽。

亞莉納差點把這個感想脫口而出。

下班時間一到就丟下工作回家，當然不是做不到。但是那樣一來，延宕的工作只會愈來愈多，使整個業務無法正常運作。即使亞莉納化身為處刑人，強行減少工作量，仍然得加這麼多班，表示伊富爾服務處的潛在加班時數本來就多到有問題，已經不是一個人努力加油就能解決的。

話雖這麼說，亞莉納當然也打從心底想有「適當的工作時長」，維持身心健康。那才是她追求的、理想中的安穩小日子。

可是現實與理想差太多了。我又不是因為喜歡才加班的——亞莉納在心裡煩悶地碎唸，聽處長繼續說下去。

「畢竟我們這裡是伊富爾規模最大的服務處，業務量當然會特別多，我知道就算說要減少加班時數，也不是一朝一夕可以完成的事。各位平常總是很努力地工作，非常感謝大家。」

哦？亞莉納眨了眨眼睛。她還以為主管一定會說『因為上面的人生氣了，所以從今天起禁止加班。可是業務量不會因此減少，也不會特別增加人手，也沒有任何具體的改善方案，總之妳們就想辦法在工作時間內，把業務處理完吧』那種不合情理的「縮短工時霸凌」，看樣子是猜錯了。這時話題的走向變了。

「關於減少加班時間的好方法，我跟總部的人事部討論過了。結果人事部非常慷慨地答應給我們『特別處置』。」

人事部？

出乎意料的名詞，使亞莉納吃了一驚。

人事部，不只櫃檯小姐，能決定所有冒險者公會員工所屬單位的部門。特地到人事部露臉，和認識的人事部職員聊天，若無其事地暗示自己想調到哪個單位，是每年人事異動時期快到時常見的光景。最後被調動到與想要的完全不同的單位，則是必定的結果。

所有服務處中規模最大的伊富爾服務處的處長，直接去找人事部商討，並談成了能改善加班狀況的「特別處置」。也就是說——

（嗚……！）

亞莉納在心中將雙手交握在胸前，淚流滿面地感謝神明，不對，是感謝處長。

（終於要增加人手了～～!!!!）

能決定員工所屬單位的人事部的「特別處置」。不管怎麼想，都表示這個經常處於加班地獄的伊富爾服務處，終於要合法地增加櫃檯小姐的人數了。

（忍耐了三年……!!實在太漫長了……！我終於要迎來真正的平穩人生了……）

亞莉納回想著至今為止的種種苦難，暗自拭淚。

被稱為辦公桌前的磐石，平常什麼事都不做，以此聞名的處長，偶爾也會做點好事嘛。

「現在要宣布人事部的特別處置。因為這與各位息息相關，所以請大家仔細聽好。」

亞莉納感動地連連點頭，處長也煞有其事地清了清喉嚨，豎起食指。

「人事部的特別處置，就是——提出最有效率的業務改善方案的人，可以特別放一天的『生日假』！」

處長一臉得意地宣布完，伊富爾服務處的辦公室陷入死寂。

「……啥？」

亞莉納忍不住發出低沉的聲音。

見亞莉納愕然的反應，處長得意地挺胸，繼續說道：

「妳們會感到驚訝也是當然的。因為冒險者公會原本沒有生日假的制度。就算是生日，我們這些公務員也必須和平常一樣地工作——」

「等……」

「所以這次，是人事部特別允許的特例。雖然文件上寫的不是生日假，不過這部分人事部會幫我們處理。」

「……」

亞莉納錯愕地瞪大眼睛，說不出話。

當然不是因為開心到說不出話。

（不是……不是這樣吧——!!!!）

之後處長說的毫無意義的話，亞莉納一個字也沒聽進去。上司得意洋洋地提出的點子，使亞莉納臉上失去血色，必須使出全力，才能避免自己露出憎恨的表情。

亞莉納的手不住地顫抖。增加正職櫃檯小姐的人數，或是在繁忙時聘請臨時人員之類的，以處長（你這傢伙）和人事部的立場，應該可以辦到更多有用的方案吧。應該說，第一個該提出業務改善方案的人根本是處長你這傢伙啦。

「……!」

亞莉納緊咬嘴唇，想盡辦法不讓腦中洶湧而來的各種謾罵脫口而出。

不對，我早就知道了。我們服務處的處長在工作方面有點脫線。可是因為個性溫和，在各方面都有良好的人際關係，人面廣，擁有肉眼看不見的資產「人脈」。假如犯了什麼錯、非道歉不可時，想靠關係做什麼時，或是想不起風波地解決問題時，沒有人比他更能妥善處理這些事。在有特別狀況時，是非常可靠的上司。

可是，畢竟是只靠著人脈爬上處長位置的人，除了有人脈之外，什麼都不會。希望他理解第一線的情況，或者改善職場環境，本身就是一種錯誤。

不過的確，掌管員工休假的人事部，確實可能做出這種處置，可是——

（想徹底解決伊富爾服務處的加班問題，果然只能靠公會會長使用他的權力了吧……）

幾個月前，亞莉納與公會會長葛倫•加利亞因為「一點事」而做下約定——就算超出公會會長的權限，也要增加伊富爾服務處的櫃檯小姐人數。

只要那約定被履行，肯定能改善伊富爾服務處的加班狀況。所以亞莉納每天都一面加班，一面殷切期盼一年一次的大規模人事異動的日子快點到來。

（嗚……話說回來，生日假……還是有點想要呢……）

儘管知道這樣等於讓處長稱心如意，亞莉納還是輸給了生日假的魅力，內心的渴望隱隱升起。

不知為何她每年的生日都過得很悲慘。

每次都剛好碰到特別忙的時候，在沒有其他人的深夜辦公室裡，孤獨地瘋狂加班，然後「對了，今天是我生日呢……」在快要換日的前幾分鐘才忽然發現這個事實。

離開辦公室，腳步虛浮地回到家後，以家中有的食材煮成稍微豪華一點的料理後吞進肚子裡，在沒有人祝福，甚至沒有人發現今天是自己生日的情況下，形容枯槁地入睡——最近這幾年的生日，都是這麼寂寞地度過的。

假如能趁這個機會拿到生日假的話，就算服務處忙到有如世界末日來臨，抑或正值加班地獄的水深火熱之中，也可以以生日為由，確實地休假。因為生日假當然要在生日當天放。

（有效率的業務改善方案嗎……！）

亞莉納的思考已經只剩如何得到生日假了。

並不是希望能得到誰的祝福，或是收到生日禮物，那些都無所謂，只是希望至少在生日這天，能夠隨自己的意思去度過。

（不過，有效率的業務改善方案……完全想不出來呢。）

亞莉納不甘心地咬牙。

這麼說來，自己光是加班就忙不過來了，從來沒有以宏觀角度思考過整個職場的事。

其實櫃檯小姐是一個獨立的工作。乍看之下會互相幫忙，但實際上是井水不犯河水，沒有人會干涉別人的業務。

因為一旦輕易地插手了其他人的業務，最後一定會被拖進無底的加班沼澤。

幾乎沒人有那樣的覺悟與勇氣。每個人都珍惜自己與自己的時間。即使職場出現新人，老鳥也只會教她們最低限度的事，接著就毫不留情地把她們推入谷底，任憑新人自生自滅。像亞莉納這樣經常幫萊菈收拾爛攤子，反而是破例的異常行為。

（改善業務的方案……）

想不出來。完全想不出來，一點想法都沒有。

亞莉納開始冒出冷汗。畢竟審核的是那個老好人處長，只要提出看起來像樣的點子，應該就能輕鬆過關了。儘管如此，亞莉納卻連「看起來像樣」的點子都想不出來——

7

「改善業務的方案嗎～」

朝會結束後，亞莉納依然苦思不已。一旁的萊菈也憂鬱地抬頭看著天花板。她比亞莉納小兩歲，是今年剛進來的新人櫃檯小姐。

「因為我是新人，所以完全想不出改善的方法呢。」

「放心吧……就連在這裡做了三年的我，也一樣完全想不出該如何在工作時間內，處理完伊富爾服務處的業務……」

「是說處長根本不該繞著圈子給獎勵，直接增加人手不是更好嗎？」

萊菈嘟著嘴抱怨。

雖然她才來服務處沒幾個月，卻已經隱約發現處長有多沒用了。雖然他可以靠人脈在組織裡爬到處長之位，可是放在第一線的話，就只是個沒什麼用的擺飾。

（狠狠揍處長一頓，用物理手段更換新處長，會不會是最有效的業務改善方式……）

危險的想法閃過腦中，亞莉納連忙搖頭。

（不不，冷靜點。就算換了新處長，也不一定會比現任更好，再說做那種事的話我平穩的人生就毀了，直接走向犯罪的道路……！）

能盡情使用暴力的，只有在迷宮深處悠哉過日子的頭目。除非像公會會長那樣不知好歹地挑戰自己，否則不能單方面地使用暴力。

「改善業務的方案……」

亞莉納苦著臉沉吟時，攤開在萊菈桌上的資料忽然映入她的視線。

「萊菈，那是什麼？」

「這是下週新人研修的資料。其實每個服務處都該派兩個人以上參加才對，可是現在忙不過來，所以我只好一個人去……前輩剛進公會時，應該也參加過吧？」

「哦……我那時剛好碰上地獄加班期，結果根本去不了。」

「……」

萊菈憐憫的視線投向亞莉納，亞莉納無視她的眼神，開始看起文件。

「前輩，妳有什麼在意的地方嗎？」

「嗯，就是這個——」

那是三天兩夜的研修時間表，上面大致地摘要了屆時會進行什麼樣的課程。亞莉納指的是第一天上午的課程，該處只記述了最低限度的資訊。

『課名：新人櫃檯小姐須知』。

『講師：羅賽塔・露柏利』。

萊菈看著只寫了課名與講師名的簡潔時間表，不解地發問。

「這門課有什麼特別的嗎？」

「內容不重要……重要的是講師！」

亞莉納豎起食指：

「說到羅賽塔・露柏利，就是伊富爾服務處的資深前輩，手腕非常高超——是確立現在的櫃檯小姐業務形態的，傳說中的櫃檯小姐哦。」

「啊，這麼說來，我確實有聽過這個名字呢！」

萊菈睜大眼睛，總算注意到羅賽塔的名字。

「她不是因為寫了《想成為櫃檯小姐的話，就吃豆子吧》而成為暢銷作家的人嗎！為了準備櫃檯小姐的面試，我把那本書看得很熟哦～」

萊菈得意地挺胸。

「藉由導入可愛制服，將『櫃檯小姐』樹立為一種商標，一抹過去『辛苦・不起眼・無聊』的職業刻板印象，使櫃檯小姐成為年輕女孩最憧憬的超熱門職業的推手……」

沒錯，名為羅賽塔・露柏利的櫃檯小姐，是討論櫃檯小姐世界時非提不可的，活生生的傳說人物。

提出將冒險者視為「客人」的觀點，為了給客人周到的服務，向上司提議加強櫃檯小姐的禮儀訓練。雖然只是一介櫃檯小姐，卻提出了許多就當時而言，相當劃時代的觀念與做法。

想成為櫃檯小姐的人因此年年增加，原本只有一處的服務處，也拓展成好幾個據點，以分散業務。對冒險者來說，窗口增加，承接任務也方便了許多，十幾年來，每年的任務承接量只升不降。

不只如此，美麗的櫃檯小姐還提振了冒險者的士氣，降低了當時高到異常的冒險者死亡率。

羅賽塔提出的各種改革，為櫃檯小姐這個職業奠定了今日的基礎，但——

「那種事不重要啦。」

「欸!?」

「她最厲害的地方，是一次出現三個新迷宮，冒險者全部殺到服務處時，還是能一個人處理完所有的委託，而且沒有犯下重大失誤，堪稱『事務的鐵人』……」

「一個人!?」

萊菈驚愕地瞪大眼睛。

「雖然當年的冒險者人數沒有現在多，但仍然是非常驚人的業務處理能力。已經不是普通人類能做到的程度了。」

「的、的確……！」

「後來公會看上她高超的事務能力，特例把她從服務處調到公會總部，如今她已經不在第一線，是公會事務部的部長了。簡單地說，就是超級能幹的櫃檯小姐哦。所以她一定知道如何有效率地處理業務……！一定能看出解決伊富爾服務處常態化的加班問題的破口！」

亞莉納激動地說著，用力握拳。

「我已經能看到了，我的生日假！」

「亞莉納前輩，妳是真的想拿到生日假嗎……!?」

「那當然……不過也有兩成是真心希望能改善伊富爾服務處的加班狀況啦。」

「咦，可是妳之前不是用先知般的口氣說過『伊富爾服務處再過不久會出現人事異動，增加許多櫃檯小姐……』之類的話嗎？那個神一般的人事異動之後，加班問題應該會立刻解決吧。」

萊菈忽然想起之前的事，舊話重提。

亞莉納皺眉，搖頭道：

「雖然是那麼說過，但再怎麼說，決定櫃檯小姐分配地點的大規模人事異動一年只有一次。離那個時候還有好幾個月，怎麼能什麼都不做地痴痴等待呢？俗話說『盡人事，聽天命』……」

「原來如此……雖然不太懂，不過好像很帥。」

「總之就是這樣，我也要去研習。」

「可、可是，在這種忙碌期，處長會答應嗎……？」

「放心，只要讓忙碌期結束就行了。」

「咦？」

亞莉納笑靨如花地起身。

如此這般，亞莉納化身為處刑人，以蠻力消滅加班，光榮地得到參加研習的機會。

8

時間回到現在。早晨，亞莉納坐在馬車裡，離開伊富爾，前往冒險者公會總部。

從今天起，是為期三天的研習。

亞莉納坐在堅硬的椅子上，一面承受馬車的顛簸，一面恍神地看著窗外，思考該如何打發坐在對面的後輩萊菈。

「亞莉納前輩，處刑人大人又出現了哦！」

萊菈眼神發亮，興奮地劇烈搖晃雙馬尾，用力握緊報紙。

「處刑人大人這次好像也瀟灑地收拾了頭目……！而且還是以破壞堅硬無比牆壁的方式，強行突破巨大迷宮哦⁉這是什麼別具一格的攻略方法！居然做得到那種事，我能妄想的情境又變多了……！比如我在迷宮裡迷路、陷入危機時，處刑人大人會在千鈞一髮之際打破牆壁，瀟灑地拯救我，或是用身體保護差點被崩塌的牆壁壓住的我！之類的！哈啊啊啊好帥啊～！」

萊菈一邊散發愛心，現寶似地對亞莉納唰地打開報紙。報紙上刊載的是處刑人與《白銀之劍》以史上最快的速度，攻略完巨大迷宮的報導。

亞莉納望著報紙時，萊菈卻突然煩惱似地嘆氣。

「處刑人大人終於加入白銀了嗎……前輩妳怎麼想呢……？關於這件事公會每次都不予回應。」

「加不加入都無所謂吧？」

「有所謂！」

亞莉納心不在焉地回答，萊菈則用力反駁。

「如果白銀至少能留住處刑人大人，他就會以冒險者的身分一直待在伊富爾了！」

「？不管有沒有加入白銀，處刑人都不會去別的地方吧？」

「那可不一定……！因為……因為……！」

說到一半，萊菈不知為何悲從中來，眼眶泛淚地逼近亞莉納。

「從套路來說，充滿謎團的最強角色在結局時都會消失不是嗎……！會留下『我的職責已經完成了……』的話後離開……！」

萊菈說著莫名其妙的理論，雙手掩面，哀淒地哭了起來。那過於深沉的愛，使亞莉納嘴角抽搐。

「妳能明白我的憂慮嗎，前輩……自從在『處刑人大人研究會』的聚會上聽到這種推測後，我就在意得不得了……」

「等一下那是什麼——」

「只要想像他離開伊富爾時的悲痛，我就每日以淚洗面！」

喀沙，萊菈捏皺報紙，大聲道：

「所以！處刑人大人有沒有加入白銀，對我來說是非常非常重要的事情！」

「……」

總覺得剛才不經意地聽到了很可怕的團體名稱，還是先不管它吧。

「話說回來，我們已經快到公會總部了哦，快把報紙收起來吧。」

「……已……已經要到了嗎……？」

亞莉納強行結束處刑人的話題後，萊菈的表情暗了下來。笑容從臉上消失，她的身體蜷縮起來，完全看不到剛才的氣勢。

「？怎麼突然這麼憂鬱。」

「那是、因、因為……」

「什麼啦，有話就直說啊。」

「……前輩可別笑我哦。」

「我不會笑妳的。」

亞莉納正經地點頭，萊菈總算放心，握緊拳頭，高聲地說：

「因有公會總部鬧鬼哦！！！」

「嗯～今天中午要吃什麼好呢？」

「前輩——!!請妳不要當成沒聽到啦——！！！」

這麼說來，最近好像有進行過類似的對話呢，亞莉納一邊心想，把黏在自己身上的萊菈剝開，蹙起了眉。

「妳也會怕研習大樓的鬼？」

「反過來說，前輩妳不怕鬼嗎？嗯，看起來好像一點也不會怕呢。」

「不要看著人家自己下結論好嗎？」

亞莉納嘆了口氣，繃緊表情，雙手抱胸。

「總之！今天最重要的是羅賽塔小姐的課哦。向事務的鐵人請教如何有效地改善業務問題，我絕對要拿到生日假……！」

請加油哦……萊菈半是傻眼地加油，同時馬車駛進了公會總部的鐵製大門。

9

一大早，公會總部就很忙亂。

那是傑特做好今天研習模擬戰的最終調整，準備離開辦公室時的事。由於是全伊富爾新人櫃檯小姐齊聚的大型研習，公會本部的事務員們全都忙碌地來回奔走。

但這些事務員——特別是男性員工——之所以毛毛躁躁的，並非只是忙著做準備的緣故。

總是被龐大的業務壓迫，臉上沒有生氣的男人們，今天一反常態，每個人都精神奕奕，臉上找回了光采。穿著洗得潔淨燙得筆挺的制服，仔細梳理過頭髮，感覺得到他們無言的氣勢。

那些人一面忙著做準備，一面時不時地看向窗外。

「喂，櫃檯小姐們來了哦！」

終於，一名頻繁地看著窗外的男事務員叫道。其他坐在辦公桌前的男性職員立刻放下手中工作，擠到窗口前。

「哇～好多櫃檯小姐……看起來就像天使一樣……平常工作的疲勞全都消失了呢～」

男性們感動萬分地說著。他們引頸期盼全是美人的櫃檯小姐——而且全是年輕新人來總部的這天，已經期盼很久了。

「你們覺得誰最可愛？」

一名男性理所當然地問道。其他人紛紛發表起意見。

「那個綠眼睛的黑髮女孩！」

一人立刻回答，原本想走出辦公室的傑特停下腳步。

綠眼加黑髮。是亞莉納。

「欸，我也覺得是她。」

「真可愛……該怎麼說呢，不會打扮得花枝招展，感覺很清純，沒有過度賣弄的感覺。而且個子很嬌小，會讓人忍不住想好好保護她呢～不知道她有沒有男朋友～」

清純？嬌小？想好好保護……？

忍不住停下腳步聽他們交談的傑特，聽到這些浮誇的幻想後，臉頰抽搐了起來。

假如那些男人看到「清純」、「嬌小」、「想好好保護」的她，殺氣騰騰地舉起巨大戰鎚的模樣，會說什麼呢。

不用想也知道，他們會因為亞莉納和自己想像中的形象不同，擅自對她幻滅吧。傑特腦中鮮明地浮現，亞莉納對那些男人不屑一顧的模樣。

可是——總覺得很不爽呢。

「……」

不知名的黑色感情湧上傑特心頭，如火焰般燃燒。他當然知道櫃檯小姐是很受歡迎的職業，所以總是不乏出現這種話題。再加上櫃檯小姐全都是美人，甚至有「長相是錄用櫃檯小姐的基準之一」的傳聞，因此不只冒險者，一般男性也會把櫃檯小姐當追求的目標，這是眾所周知的事實。雖然傑特也不是不懂期盼著這天的男性事務員們的心情——

就算懂，可是亞莉納被那些男人以那種眼神看待，還是使傑特沒來由地火大。

（……不行，現在最重要的是改善印象大作戰……！）

傑特用力忍下怒氣。假如傑特在這時候多嘴，又會害亞莉納受到不必要的注目。下一瞬間，戰鎚就會朝自己揮來了吧。考慮到亞莉納不喜歡出風頭的個性，自己現在果然不該說話，只要安靜地呼吸就好。見到她時本能地想上前糾纏的衝動，也得壓抑下來才行。

（……總之，先把這些傢伙的臉記下來吧。）

儘管壓抑了感情，還是掩飾不住搖曳在瞳孔中的殺意。傑特睜大雙眼，把那些對亞莉納有意思的男人長相一一記住。

10

「……這、這就是……研習大樓……」

站在亞莉納身旁的萊菈，仰頭看著眼前的建築物，顫聲說著。

兩人所在之處，是位在公會總部占地內不顯眼角落的獨棟建築。

看起來快坍塌似的石牆上爬滿藤蔓、玻璃窗上滿是塵埃。屋簷上有鳥兒築巢，黑色的鳥在周圍啪沙啪沙地振翅飛行。假如背景搭上烏雲與閃電，與其說是研習大樓，更像魔王城。

不管知不知道鬧鬼的傳聞，那詭異的氛圍，讓其他櫃檯小姐們都臉色發白。

「好舊。」

「妳的感想只有這樣嗎!?前輩!?」

「可是……」

「說起來總部明明那麼氣派又漂亮，只有這裡這麼老舊，不是很奇怪嗎!?」

「是沒錯。」

雖然公會總部外觀是粗獷的無機質建築，但是內部被徹底改建過，早就看不出原本迷宮的樣子了。相比之下，這棟建築物很明顯從來沒修建過。

「一看就像走進去後會突然發生暴風雨，吊橋斷落，完全無法和外界取得聯繫，會發生密室殺人事件的場所不是嗎……！」

「這裡沒有吊橋，陸路都可以走，沒事的。好了快進去吧，會遲到的。」

研習大樓內的氣氛，也同樣地駭人。

走進正門後，便是老式的玄關大廳。雖然有挑高，但因為是沉重的石造建築，所以沒有寬敞的開放感，反而給人天花板很高的牢房感。

不只如此──

「前前前前、前輩妳看啦……！一般的研習大樓不會在玄關放怪物的石像吧！一般來說！」

大廳中央有一尊露出獠牙的怪物雕像。彷彿把即將吃人的瞬間定格似的石像，令人覺得建築師的品味非常差。

也許平常沒什麼人出入這裡，再加上窗戶數量少，空氣不流通，儘管外頭是晴天，建築物內卻很陰涼，而且潮溼。

走廊的石地板上姑且鋪有地毯，但是看起來相當老舊，而地板的角落有陳年的漆黑汙跡。

「前輩，那些黑黑的汙漬一定是以前冒險者流的血……啊啊！天花板的那一大片斑痕，妳不覺得看起來很像眼睛和嘴巴嗎？好像在笑……」

從剛才起，萊菈就不斷地自己嚇自己，而且還把恐怖發現一一說給亞莉納聽。被她緊抱著，亞莉納覺得很難走路。

「研習大樓可能一直維持著當年迷宮時的樣子呢。」

「一定是因為打算裝修的工人接連離奇死亡，所以沒辦法改建……！被過去死在這裡的亡靈們作祟了……！一定是這樣！」

「因為不常使用，所以照優先順序決定的改建預算，一直沒撥下來吧。」

「請不要用那麼現實的論點解釋啦！」

聽著萊菈的哀號，亞莉納逕自走進指定教室。三天兩夜的櫃檯小姐共同研習會開始了。

11

研習的第一堂課，是參觀公會總部。

「位在總部中央的大型建築，是集結了公會運作中樞的主大樓。那邊是訓練場。雖然等一下的課程中會過去，但平常最好不要隨便靠近那裡。餐廳在連接走廊另一頭的東棟——」

負責導覽的職員走在最前面，帶著參加研習的櫃檯小姐們參觀總部的各個場所。畢竟是一大群人慢慢移動，本來就十分顯眼，但從剛才起，就會頻繁地感受到與隊伍擦身而過的總部員工們視線，有種被當成展覽品在大街遊行的感覺。

雖然說是為了新人舉辦的研習，所以當然少不了參觀的部分，可是對於已經因工作來過總部不知多少次的亞莉納來說很無聊。

「公會總部很大呢……」

至於新人萊菈，則是露出驚嘆的表情，好奇地東張西望。

「因為本來是迷宮，聽說和規模小一點的村鎮差不多大哦。」

「哇～」

說起來，迷宮原本是過去存在於赫爾迦西亞大陸的「先人」建造的高度文明遺產之一。

他們從被稱為神（蒂亞）的存在那裡得到強大力量，在赫爾迦西亞大陸上建立了豐饒的神之國度（蒂亞尼亞）。

先人的力量之強大，現在的人類完全無法相提並論，他們的遺產，也當然在全方面遠遠超出現代的技術。所有現代人類建造的建築物，與迷宮相比，全都有如小孩子的陽春玩具似的。

「一個人來的話，應該會迷路吧。」

「放心。櫃檯小姐來公會總部的話，基本上只會去主大樓的事務室而已……反正只要『出包』的話，再怎麼不願意還是得來這裡，多來幾次就會記住了。」

亞莉納看著遠方說道。

「……前輩，看妳的表情好像已經來過很多次了……？」

「……」

眾人來到總部後方的庭園。

「哇，好大的庭園！」

寬敞的草地庭園正中央，矗立著四個人的石像。

「這是前前代《白銀之劍》的雕像。談到公會總部的歷史時，就不能不提到他們。他們是現任會長葛倫・加利亞的隊友。在攻略完這個迷宮後，當時的《白銀之劍》解散，葛倫・加利亞就任為公會會長。」

導覽職員平穩地說明著：

「時任《白銀之劍》以生命為代價，攻略了當時號稱無法攻略的S級迷宮『灰色城塞』，為了紀念他們的英勇事跡，便設立了這些雕像。」

研習第一堂課就是沉重的話題，櫃檯小姐們之間瀰漫起沉痛的氣氛。

原本是S級迷宮「灰色城塞」的公會本部，有不少令人哀傷的故事，其中之一就是前前代

《白銀之劍》的壯烈犧牲。

在冒險者之間那故事非常有名，亞莉納小時候也在老家的酒館中，聽冒險者們提過。

白銀將「灰色城塞」徹底攻略完畢，是距今十五年前，亞莉納還是懵懂小女孩時的事。當時有許多冒險者在號稱無法攻略的S級迷宮「灰色城塞」中殞命，就連白銀也重複挑戰過許多次，但每次都鎩羽而歸。在不知第幾次的挑戰中，白銀總算打倒了所有樓層的頭目……可是平安回來的，只有擔任前衛的葛倫而已。

白銀以生命挑戰S級迷宮的崇高意志、成功將其完全攻略的壯舉，以及即使痛失同伴，仍維持勇敢與堅毅精神的葛倫，使當時的冒險者們尊敬不已。

在那之後，年方二十五歲的葛倫就這樣引退，不再從事冒險者的工作。

由於葛倫還年輕，當然有許多隊伍想拉攏他加入，可是他全都堅定地拒絕，並如此說了：

『身為冒險者的葛倫•加利亞，已經和隊友們一起死了。』

「反正機會難得，來複習一下公會的歷史吧。」

導覽者的話，使亞莉納警覺地回神。

（這……這是……！「好的那麼請那邊的那位同學為大家說明一下公會歷史」的點名問答……！）

其他櫃檯小姐也都緊張了起來。

雖然亞莉納在準備櫃檯小姐的考試時，拚命背過公會歷史，但老實說她已經全忘光了。如果現在被點名，亞莉納沒有信心能回答好問題。

「追根究柢來說，像現在這樣把以攻略迷宮為目標的探索行為稱為『任務』，並設立組織加以管理的做法，是初代四聖提議的。」

然而，導覽者無視櫃檯小姐們的緊張，自顧自地說下去。

「冒險者們剛來到這片大陸時，死亡率與失蹤率高到無法忽視，為了管理冒險者，初代四聖成立了任務系統。」

看來導覽者沒有點名的意思。亞莉納鬆了口氣。

建立冒險者公會基礎的，是初代四聖。

他們是最早登上仍充滿魔物的赫爾迦西亞大陸的冒險者。他們在極度危險的土地上開闢出人類能夠生活的環境，可以說是冒險者的始祖。如今，他們的子孫也繼承了祖先的名號，在冒險者公會中擁有高於公會會長的權限。

話雖這麼說，但他們幾乎不會參與公會的實務與政務，現在的四聖，只是默默地見證著這片土地的歷史，對一般人來說，是非常遙遠的存在。

「隨著冒險者與發現的迷宮增加，任務的承接數量也呈比例上升，逐漸組織化，也就是現在的冒險者公會的雛形。」

導覽者說明完畢，走了起來，又突然停下腳步。

「這裡可以自由飲食，總部的員工們也會來這裡午休，想在這吃午餐沒問題——接下來，我們要移動到訓練場參觀由《白銀之劍》擔任特別講師的模擬戰。請各位不要忘了身為櫃檯小姐的品格……避免大吵大鬧，做出不體面的行為。」

別有深意的提醒，使櫃檯小姐們不安了起來。見到她們的反應，導覽者補充說明：

「因為這是第一次嘗試在櫃檯小姐的共同研習中，加入由現任冒險者，而且是白銀示範的模擬戰，所以等一下的模擬戰會有冒險者時報的記者前來採訪。容我再說一次……請各位保持身為櫃檯小姐的矜持，以就算登上採訪也不至於失態的態度來觀摩模擬戰。」

保險起見，導覽者又叮嚀了一次——換句話說，就是立起了絕對做不到的旗子後——帶著眾人走向訓練場。

12

「我是《白銀之劍》的隊長，傑特•史庫雷德，位置是盾兵，請多指教。」

訓練場上，傑特簡單地做完自我介紹後的瞬間——

「呀——————！傑特大人——————！！！」

「活生生的傑特大人實在太帥了，我要死了。」

「傑特大人我愛你!!史上最推!!!!我可以推一輩子!!!!!!」

「等一下等一下本人不但比報紙上的好看幾億倍而且聲音和眼睛和身高和鎧甲全都如此完美創造出傑特大人的神太天才了吧？？？」

「好強……好清爽……大帥哥……大飽眼福……哈嗚。」

「不好意思！有人昏倒了！」

新人櫃檯小姐們把導覽者幾分鐘前的叮囑忘得一乾二淨，用力大聲尖叫。

有人感動得淚流滿面、雙手遮臉，有人噴出弧度完美的鼻血昏倒，已經完全見不到「身為櫃檯小姐的矜持」。

那不成體統的模樣，使站在後方的導覽者臉色難看地皺眉。

但這也是當然的。畢竟冒險者時報的記者們，就在一旁以攝影機拍攝，並詳細地記錄著現場的情況。

而且對方出動了好幾名攝影師，是非常正式的採訪。

如此陣仗，使亞莉納總算解開一個謎題。假如是為了區區新人櫃檯小姐舉行的模擬戰，只要隨便找幾個冒險者表演就行了，沒必要特地派出《白銀之劍》。

（是為了宣傳吧……）

作為成立大都市伊富爾的根幹，冒險者公會有如公家機關，沒有破產倒閉的問題，但也因此有一些非做不可的事。其中之一就是定期地宣傳「本公會一直致力於磨練自我，提升能力，將組織的力量回報給伊富爾的居民」的態度。

簡單來說，就是讓社會大眾知道，公會沒有因為是公家機關而擺爛不做事。

而這次的「模擬戰」，就宣傳來說，是相當好的機會。讓大家知道公會不惜成本，請一流講師協助培育櫃檯小姐，努力為冒險者提供優質的服務——應該是這麼打算的。

（……可是也因為「一流的講師」而翻車了呢。）

亞莉納看著不成體統的新人櫃檯小姐們，在心裡冷靜地分析狀況。

《白銀之劍》不論形象或話題性都無可挑剔，就冒險者公會來說，可能想藉由他們來提升宣傳效果，但是看新人櫃檯小姐們的反應可以明白，傑特•史庫雷德有非常多狂熱的女粉絲。

畢竟是公會最強的盾兵，又是有著受神眷顧的俊美容貌的知名冒險者，雖然很有宣傳效果，可是新人櫃檯小姐們正值青春年華，見到本人時，理性當然無法勝過本能。

雖然那傢伙的內在，只是生命力如同蟑螂的重度跟蹤狂而已。

「傑特大人很受歡迎呢……！還有人帶了自製的加油扇來喔!?我身為處刑人大人推，在愛意的深沉上可不能輸給她們。下次處刑人大人出現時，我也要準備自製的扇子……！」

一旁的萊菈有點不是滋味地分析著傑特的粉絲少女們。

亞莉納坐在躁動的櫃檯小姐們之中，努力讓自己維持面無表情。她希望這狂熱的氣氛快點平靜下來，快點開始並早點結束模擬戰。她的目標只有一個，就是傳說中的櫃檯小姐羅賽塔•露柏利的課程。

「大家都很有精神呢。畢竟沒有這種活力的話，就沒辦法應付冒險者了。」

傑特機智地為狂熱的櫃檯小姐們說話。這男人在這種察言觀色的方面確實厲害。

亞莉納正如此心想時——傑特的視線突然移到她身上。

「！」

亞莉納瞬間緊張了起來。

糟了。這男人其實也和那些狂熱的櫃檯小姐一樣，相當不看場合。忘記自己的身分地位，在大庭廣眾之下親密地呼喚亞莉納的名字，根本是屢見不鮮的事。要是他不小心在眾多記者面前輕易地喊出「亞莉納小姐」的話——

亞莉納的臉色明顯變白，沒想到此時卻發生了意料之外的事。傑特就像不認識她似地移開視線，繼續模擬戰的進行。

「……？」

雖然說在彼此工作時本來就該這樣，可是名為傑特的男人，應該沒有內建那種貼心才對。那反常的態度，使亞莉納不禁皺眉。

感覺很生分……不對，冷淡才是最貼切的說法。
亞莉納認識的傑特，至少在面對亞莉納時，是不會擺出那種態度的——
「……」
胸口有股鬱悶的彆扭感揮之不去。傑特勉力安撫狂熱的櫃檯小姐們，順利地進行了《白銀之劍》的模擬戰。

13

「傑特大人，您戰鬥的樣子真是太帥氣了！」
亞莉納與萊菈一起前往下一堂課的教室時，女性高亢的聲音傳入耳中。
仔細一看，不遠的前方走廊上，傑特正被一群新人櫃檯小姐簇擁。
年輕的櫃檯小姐——不，應該稱為「傑特・史庫雷德親衛隊」的她們，正興奮地將傑特團團包圍。
（又來了……）
明明不久之前才被導覽者罵過，卻仍然死性不改的她們，為了把握能與傑特自由交流的貴重時間，全都掛起最好看的笑容，嬌聲嗲氣地說話。但她們背後散發的氣場卻有如洪水猛獸般驚人——為了想從一群女人中脫穎而出，肉眼看不見的劇烈戰鬥正在展開。

看著她們失控的模樣，亞莉納並不因此感到厭惡或傻眼。

（……真年輕。）

只想到這裡，呵，亞莉納自嘲地笑了。

共同研習這個「從伊富爾的服務處中集合櫃檯小姐的活動」，究竟有什麼意思，這些年輕女孩應該還沒有深刻的體悟吧。

以為遠離了平時的職場，所以放開自我——到頭來，一切言行全會成為八卦，在整個伊富爾光速傳開。

再說，這裡是伊富爾的公會相關人士經常出入的公會總部。誕生自總部的八卦將成為傳染原，傳播到各個地方，以可怕的速度在伊富爾之中流傳。

現在眼前這些對傑特心醉神迷的女孩們，也會在研習結束的幾天後，輾轉聽到自己被說成「那個服務的櫃檯小姐在研習時這樣又那樣……」的八卦，並且悔不當初地明白櫃檯小姐的圈子究竟有多狹隘。

即使彼此所屬的服務處物理距離遙遠，但櫃檯小姐的人際網路一點也不容小覷。透過這些痛苦經歷，新人櫃檯小姐們也將得以成長。

亞莉納以業內老鳥知曉一切的穩重眼神，注視著不成熟的新人們，不經意間，與毫無預兆地視線一轉的傑特對上了眼。

原本溫和的笑容倏地從亞莉納臉上消失，她反射性地緊繃著臉。

（呿，又來了……！）

如果是那傢伙，非常有可能因為模擬戰結束，所以喜孜孜地推開身邊的女孩，過來找亞莉納說話。假如因此被新人嫉妒也就算了，但已經入行第三年的亞莉納，不想成為伊富爾街頭巷尾的八卦話題。最重要的是，她完全不想被誤會自己也是傑特・史庫雷德親衛隊的一員。

（別過來別過來別過來別過來……！！）

亞莉納盡可能地瞪大眼睛，從眼神中將殺氣射向傑特。「噫！」一旁的萊菈小聲地哀號。

然而，傑特仍然與模擬戰時一樣，立刻冷淡地把視線從亞莉納身上移開，繼續以和善的笑容安撫新人櫃檯小姐們。

「……？」

是殺氣奏效了嗎？不對，那傢伙是就算大聲警告唾罵，也會毫不在意地突擊的男人，不可能光靠眼神就被擊退。

胸口湧起與剛才相同的彆扭感。直到這個時候，亞莉納才總算想起傑特在巨大迷宮時說過的話。

也就是從跟蹤狂升格為普通人的「改善印象大作戰」。

（……原來如此，是這麼回事啊。）

簡單地說，就是改變原本厚臉皮的態度，有意識地與亞莉納保持距離。如果真是那樣就太好了。應該說，就出了社會的人而言，本來就該保持一定的距離，更何況是一介櫃檯小姐與精英冒險者，當然不能露出必要以上的親密態度——

儘管如此心想，但被傑特冷淡地移開眼神，仍隱隱使亞莉納的胸口感到刺痛。

「……」

「亞莉納前輩，妳怎麼了？」

「沒事，我們快去下一堂課的教室吧。」

亞莉納抿著嘴，從傑特身邊經過。

14

——這一刻總算到來了。

亞莉納在長桌前坐下，充滿期待地等待講師登場。

場所是將研習大樓三樓挑高而成的偌大扇形階梯教室，有如碗的形狀般，講臺在最低處。

亞莉納的座位正好靠窗，可以向下俯瞰公會總部的庭院。

「我一定要掌握消除加班的方法……！」

亞莉納眼中燃燒著熾熱的鬥志，用力握拳說道。就在這時，一名中年女性出現在講臺上。

女性的體態略顯豐腴，身上穿著高級套裝，背脊挺得筆直，頭髮優雅地挽在腦後。她仔細地將資料放在講桌上，動作中有種近乎威嚴的沉穩。接著，女性帶著肉感的臉上揚起微笑。

「日安，可愛的櫃檯小姐們。我是這堂課的講師羅賽塔・露柏利，請多指教。」

來了——！

見到羅賽塔和善又爽朗的笑容，亞莉納吞了吞口水。

傳說中的櫃檯小姐，羅賽塔・露柏利。

儘管是事務部長、公會幹部的一人，但是不擺架子，也不會以鼻孔看人。而且一看那笑容，就能窺見她從事窗口業務多年的游刃有餘。那壓倒性的老練感，使亞莉納感受到與自己相同的社畜氣味。她是克服了加班地獄的強者前輩。她一定會知道。如果是她，一定能告訴自己克服加班的方法——！

「這、這位就是……！」

隔壁的萊菈瞪大眼睛，似乎也感應到羅賽塔那沉默的強者氣場。亞莉納深深吸了一口氣，以前往戰場的劍士般的心情握住羽毛筆。

這只是單純上課嗎？不。

這是戰爭。

一定要在這堂課中，習得消除加班的方法。

「那麼，開始上課吧。」

羅賽塔以老成世故的笑容，宣布戰爭的開幕。

＊＊＊＊

「——好了，課程就到這裡為止，有人有問題嗎？」

羅賽塔準備的課程內容照時間結束，她笑咪咪地發問。

亞莉納雙眼立刻發亮，她就是在等這一刻。

「有!!」

她倏地高舉右手，大聲回應。羅賽塔當然不可能沒見到亞莉納的大動作，再加上沒有其他人舉手，她苦笑起來。

「好的，那邊那位很有精神的小姐，妳有什麼問題呢？」

亞莉納迅速起身，靜靜地開口：

「——我就不繞圈子了，請問該怎麼做，才能解決櫃檯小姐的加班問題呢？」

那是簡短且毫不遮掩，直接了當的提問。

羅賽塔臉上的笑意因亞莉納的問題而凍結。擦著口紅的嘴小聲地哦了一聲，眼神銳利起來，與剛才彷彿看著剛出生的純真小貓般的和善眼神不同。那眼中的光芒，使亞莉納確信，她與自己一樣是抵達社畜境界之人。

亞莉納與羅賽塔以眼神交鋒著，教室中安靜到宛如連呼吸的聲音都聽得見。這奇妙的死寂讓隔壁的萊菈緊張地吞了口水。

最後，羅賽塔打破沉默，發出無懼的笑聲。

「……妳……那眼神，那感覺，看起來應該不是新人呢。」

「我來自伊富爾服務處，已經工作三年了。」

「是嗎……那麼妳應該已經知道『現實』了呢。」

呵呵，羅賽塔輕笑，轉身背對學生們。

「……好吧。為了回應妳的氣概，我就把獨門絕活傳授給妳吧。」

亞莉納心中一凜，立刻坐下，為了不漏掉任何一個字握好羽毛筆。原本一臉無趣地聽課的其他新人櫃檯小姐們，也都跟著拿起了筆。羅賽塔在所有人的注目下轉身，表情不再是和善的講師，而是穿梭於以血洗血的第一線戰場，身經百戰的櫃檯小姐。

接著——她緩緩開口。

「首先作為大前提，假日當然得出勤，每個月的加班時數必須超過一百小時。」

亞莉納一瞬間懷疑自己聽錯了。

「……什麼？」

羅賽塔無視僵住的亞莉納，以溫柔的笑容繼續說下去：

「我很明白妳想說什麼。但是妳仔細想想，說到底為什我們會討厭加班呢？是因為覺得加班很痛苦。不過有一種魔法，能讓自己在加班時不感到痛苦哦。那也是我之所以能成為事務鐵人的祕技，就是——『想像客人開心的模樣』。」

「啥？」

完全出乎意料的回答，使亞莉納忍不住流露出真實心聲。

「接下來還能為客人做什麼呢？提供什麼樣的服務才能讓客人高興呢？只要思考這些，力量就會源源不絕地湧上。只要學會這個祕技，就會認為加班一百個小時也不夠。」

「啥……？」

亞莉納呆若木雞，完全聽不懂對方在說什麼。但羅賽塔的語氣愈來愈熱烈。

「的確，事務手續不但耗時而且無聊。我一開始也是那麼想的，覺得委託書就只是的文字與符號的排列而已。可是啊，不要把委託書當成單純的紙張，試著和它『對話』看看吧。啊，這位冒險者又接了這座迷宮的委託，他很喜歡這座迷宮吧。或是這名冒險者在攻略這個迷宮時卡關了呢，之類的。只要和委託書好好對話，就會有很多可愛的發現。一面想著這些，一面處理委託書的話，就感受不到痛苦，一下子就把業務做完了哦……！」

羅賽塔雙手交握在面前，有如戀愛中的少女般仰頭看著上方。不，不是有如，她的眼神完全是陷入熱戀的狀態。

「工作真是太美好了。不對，正因為把『工作』看成『工作』，才會覺得痛苦呢。所以要改變想法……認為『工作是我的戀人』。不管睡著或醒著，無時無刻不想著工作的事、客人的事……只要達到這個境界，妳就能從勞動的概念中解脫了哦。」

「……」

「這樣一來，從明天起妳也是超級櫃檯小姐！覺得痛苦時，多想想客人的笑容，然後就能繼續努力下去了。」

「………………………………」

亞莉納已經幾乎是翻白眼的狀態了。

羽毛筆不知何時從僵住的手中滑落，可是亞莉納完全沒有發現。她半張著嘴，可能連靈魂都飛出去了一半。

「……謝、謝指導。」

亞莉納努力擠出道謝的話。一旁的萊菈臉色慘白，其他櫃檯小姐也全都說不出話。

完全失敗。

活生生的傳說。前超級櫃檯小姐羅賽塔。這個人——

（……根本只是個工作狂（Worker Holic）而已嘛……！！）

既然到了沒有自覺地加班超過一百個小時的領域，表示工作和私生活已經沒有界線了。工作時間反而是在工作間喘一口氣的感覺，根本是怪物了。

正因為是工作狂，不對，是只有工作狂才能以這種方法，解決加班問題。羅賽塔・露柏利累積的不是有效率地處理事務作業的訣竅，而是對工作無限的熱情——

「亞……亞莉納前輩……妳還活著嗎……？」

「……死了……」

萊菈確認著亞莉納的生死狀態，槁木死灰的她只能艱辛地擠出話回答。

15

正午時分，傑特朝公會總部的大門前進。

每到午休，總是有不少員工會到公會後方的庭園休息。尤其今天天氣相當晴朗，應該會有不少人坐在草地上吃午餐吧。被新人櫃檯小姐糾纏了一個早上的傑特，不想在庭園引起更多注意，打算悄悄離開總部。

（沒辦法，今天到城裡吃飯好了……）

雖然宣傳用的模擬戰順利結束，但是櫃檯小姐們不成體統的模樣，使研修負責人相當憤怒，「不愧是白銀的隊長，很擅長應付櫃檯小姐們呢。」傑特還被他半是遷怒地挖苦。既然如此，今天還是別再被那些女孩們看到好了。

「啊——！傑特大人，太好了！」

儘管傑特想低調地離開總部，還是被一道熟悉的聲音叫住了。

「萊菈？」

傑特回頭，見到亞莉納的後輩櫃台小姐萊菈，正搖晃著雙馬尾朝自己跑來。不是那些會纏著他的櫃檯小姐，使傑特鬆了一口氣，然而萊菈接下來的話，又讓他嚇得臉色發白。

「傑特大人，不好了……！亞莉納前輩快死了！」

「亞莉納小姐快死了!?」

傑特的心臟陡然狂跳。

這個世界上應該沒有能傷害那個亞莉納的人類吧。縱使傑特這麼想，但這裡是出入混雜的公會總部。雖然說擁有神域技能的亞莉納，可以算是大陸最強的人，可是她不能公然使用那力量。

再說，今天為了進行「改善印象大作戰」，傑特一直刻意與亞莉納保持距離，沒辦法知道她出了什麼事。

在無法使用技能的情況下，亞莉納只是個普通的弱女子，就算發生什麼事也不奇怪。

「是的……！亞莉納前輩她、前輩她——！」

傑特臉色大變地追問，萊菈沉痛地皺起臉，大聲叫道：

「她中了工作狂的攻擊，振作不起來了……！」

「……工作狂？」

傑特訝異地複述著奇妙的詞彙，不經意望向萊菈身後。樹蔭下孤零零地設置的長椅上，亞莉納抱著雙腿，將身體蜷縮了起來。

「亞……亞莉納小姐……？」

傑特顧不得改善印象大作戰，緊張地朝亞莉納走近。

只見亞莉納身上散發出與晴朗天氣完全不搭的暗黑氣場。只有她周圍的空間死氣沉沉。由於她把臉埋在膝蓋之間，見不到表情，可是看得出來她確實很虛弱。

傑特曾經見過亞莉納如此虛弱的樣子。被公會會長識破處刑人身分，與白銀一起搭著馬車前往總部時，她也是這個模樣，以為自己會被開除，再也無法當櫃檯小姐，以被趕上出貨貨車的待宰家畜般的絕望心情，哀嘆、詛咒著世上的一切。

這次也和那時一樣，受到了什麼等同於人生終結的嚴重衝擊嗎？

「到、到底發生了什麼事……？」

「就是……」

萊菈在亞莉納身邊坐下，以悲痛的眼神看向亞莉納，順著她的後背。

「剛才上課時，亞莉納前輩被重度工作狂發出的『我愛工作』瘋狂氣息擊中，現在已經快死了……」

「工、工作狂的……瘋狂氣息……？」

傑特細心觀察亞莉納。「工作狂好可怕……工作狂好可怕……」仔細聽的話，可以聽到這種小聲的碎唸，混在午休的歡樂喧囂中。

「因為聽說這次的研習中，傳說中的櫃檯小姐會來擔任講師，所以亞莉納前輩一直充滿期待，想向那個人問出消除加班的方法。」

是有這麼回事呢。傑特想起來了。

巨大迷宮的攻略才剛出現停滯，亞莉納就化身為處刑人，與白銀一起攻略巨大迷宮了。當時他也覺得奇怪，平常的她應該會再撐一陣子才答應才對。再加上亞莉納當時莫名地執著於參加新人研修。

「……原來如此……是為了消除加班啊……」

「可是……別說問出消除加班的方法了，對方還給出『不喜歡加班的話愛上工作就好了』那種莫名其妙的答案，讓她受到的傷害因此更嚴重了……」

的確，對最討厭加班的亞莉納來說，「加班萬歲」根本是無法理解的觀念，應該有近乎一擊必殺的威力吧。

「傳說中的櫃檯小姐兼重度工作狂——是指事務部長羅賽塔小姐嗎？」

傑特心裡有數地把手放在下巴。

「您知道她嗎？」

「嗯，我有時候深夜想做鍛鍊，前往總部的訓練場時，事務部長辦公室的燈永遠是亮著的呢……」

即使在公會總部，羅賽塔也是有名的工作狂。雖然平常給人溫柔敦厚的感覺，可是一旦談到工作的事，就多少能感受到她的瘋狂。痛恨加班的亞莉納與熱愛工作的羅賽塔，根本是正反兩極。

「總、總之先吃點東西吧，下午還有課哦，亞莉納小姐。」

傑特輕搖亞莉納的肩膀後，亞莉納緩緩地抬頭看向他。

「……什麼啊，是傑特啊……」

她如重病患者般氣若游絲地喃喃道。

「看到你的臉……我有點安心呢……哈哈……」

因為我們一起加班過呢……亞莉納如此喃喃自語。明明平常的話，她都會說你很礙眼、你很煩之類的痛罵傑特。

「這……這已經是……」

絕症了。一旁的萊菈放棄般搖頭。

16

葛倫・加利亞在總部後方的庭院中走著。

他經常在工作忙碌之餘，偷空來這裡散步。今天的天空晴朗無雲，輕風柔和地撫過翠綠色的草地。和平就是這種感覺吧。

——很久以前，這裡曾經是死之領域，凶猛的魔物四處橫行，只要稍有不慎，就會丟掉性命——知道當時景象的人，已經不多了。

葛倫來到前前代《白銀之劍》的雕像前。

雖然其中有自己的雕像，可是感覺起來像其他人似的。不對，確實是其他人。那是年輕時不明白恐懼與悲傷為何的愚蠢自己，就算說是其他人也沒錯。

葛倫回憶著同伴們懷念的身影，小聲呢喃。

「琳，妳再等一下。」

他安靜地將視線移到四人雕像中最嬌小的少女上。那是當時《白銀之劍》的補師，非常年輕——才十五歲。就殉職來說，實在太早了。

「為了妳……我什麼都肯做。」

葛倫溫柔地瞇細眼睛，眼中卻出現銳利的光芒，使原本嚴肅的臉看起來更有魄力。他握緊因為經歷長年的戰鬥，堅硬而厚實的拳頭。

——覺悟早已做好。

不論要付出什麼樣的代價，都要奪回她。

「……就快了。妳再等等吧，琳……」

以微顫的聲音說出的話，沒有被任何人聽見，消失在虛空之中。

17

傑特勉強讓被工作狂羅賽塔•露柏利帶來的衝擊打成重傷的亞莉納吃下午餐，自己也因此失去吃午餐的機會，在總部內走動。

應該說，他目送亞莉納與萊菈回去研習後，忽然見到葛倫的背影。

「……」

也許是出來散步透透氣吧，只見葛倫慢步走向總部後方的庭園。回過神時，傑特已經追著葛倫來到園子裡了。

並非有事找葛倫。只是，傑特一直掛念著某件事。

「黑衣男」。

那恐怕是與至今為止的魔神復活事件有很深牽扯的男人。為了使魔神復活，把冒險者們當成拋棄式棋子使用的危險人物，但公會一直查不到與那男人有關的線索。

黑衣男的真實身分，可能是葛倫。傑特如此懷疑。

百年祭時，有個名叫海茨的冒險者試圖讓魔神復活。儘管他被吊銷了冒險者執照，卻能得到公會許可進入地牢，甚至到達地下書庫。有權限讓海茨做到那些事的——只有公會會長葛倫而已。

可是那不足以當成證據，證明葛倫就是黑衣男。因為在公會裡，有辦法鑽幾乎只剩形式的裁決系統漏洞，讓許可申請通過的，不只葛倫。

當然，危險人物海茨入侵地牢的事，在公會中被視為重大的問題。

可是沒有任何人因此懷疑公會會長。所有人都認為黑衣男一定是動了某種手腳，才能讓海茨進入地牢，僅停留在這個簡單的見解前。

葛倫就是如此深受公會內外的人們信任。當然，傑特也是其中之一。

同樣是冒險者，同樣是白銀，傑特由衷地尊敬過去曾經是最強冒險者，以大劍戰鬥的白銀前衛。

（……希望是我想太多……）

葛倫穿過庭院，在白銀的雕像前停步。

「……會長。」

傑特猶豫了一下，向前踏步呼喚葛倫。

「哦，傑特啊，怎麼了。」

葛倫回頭，粗獷的臉一如往常地掛著不擺架子的笑容。曬得黝黑的肌膚上因年紀而產生的皺紋，使他很有威嚴，再加上即使退休了，也完全不輸現任冒險者的結實身材，非常有身為巨大組織領導者的氣勢。

「……」

雖然出了聲，可是傑特想不到要與葛倫說什麼。

你是黑衣男嗎？就算這麼問也沒有意義。即使黑衣男真的是葛倫，他也不可能這麼簡單地承認。應該說，問了反而會使葛倫產生不必要的戒心。

不，不對。我不想問。這才是傑特的真心話。
因為他很清楚，自己的直覺一向準確。
「——這裡面不是有個補師少女嗎？」
由於傑特一直沒說話，所以葛倫先開口了。
「？是啊。」
「她和我女兒很像，所以我常來這裡。因為我女兒在年輕時就死了。」
葛倫若無其事地說出驚人的事實，使傑特不知該說什麼。
「……請節哀。」
半晌後，傑特總算擠出話回應。
葛倫將目光從他身上移開，抬頭看著上空。
「雖然說是我女兒，但其實是養女，所以長相和個性完全不同……可是，她讓我知道了什麼是最重要的。如果沒有她，我現在應該仍然是只知道照著規矩做事的無聊男人吧。」
葛倫自白似地說完，再次看向傑特，露出牙齒燦笑。
「她是我最自豪的女兒。」
那沒有陰霾的笑容，使傑特無法移開視線。眼前的人，不是充滿威嚴的公會會長，也不是身經百戰的冒險者，而是喜孜孜地以孩子為傲的父親。

能露出這種表情的人，真的會想喚醒可能毀滅這片大陸的危險魔神嗎？

「對了，你找我有什麼事？傑特。」

「……我忘了是什麼事。」

「什麼啊，你還這麼年輕，記性就已經不好啦？」

哈哈哈！葛倫豪爽地笑著，砰地將手放在傑特肩上。那是帶著重量、沉甸甸的手。

「傑特，能以超域技能介入魔神與小姑娘神域技能戰鬥的你，是真正的強者——總有一天，你將會成為公會會長吧。要趁現在多學學哦。」

不知真心還是假意，葛倫留下這些話後離開了。

18

獨自一人的傑特迷惘著。

他站在白銀的雕像前，低頭瞪著腳邊，思緒紊亂。

在攻略完灰色城塞的同時，失去生命的白銀。倖存的只有葛倫，當時眾多冒險者都對此表示哀悼。葛倫在退休後就任為公會會長，那勇敢面對傷痛的英姿，讓他得到許多支持。

由櫃檯小姐審核冒險者執照等級的制度，是葛倫導入的。在那之前並未加以管束的，挑戰難度不符合自己階級的迷宮的情況，便被全面禁止。多虧如此，冒險者們有勇無謀的挑戰減少，死亡率對比當時的情況大幅地下降。

身為公會會長，葛倫想出了讓大多數冒險者存活的方法。改變了過去冒險者的生死應由自己負責的方針。

那樣的葛倫，居然犧牲冒險者的性命，意圖使魔神復活……傑特無法想像葛倫做出那種選擇時的模樣。

「傑特。」

忽然間，有人呼喚自己的名字，使傑特抬頭。

一名高䠷的女性站在他身後。她戴著銀框眼鏡，將頭髮整齊地綁在腦後。形狀姣好的嘴唇嚴肅地抿起，幾乎沒有表情，全身散發著十分拘謹的緊張感，與親切之類的形容詞天差地遠。

她是公會會長的祕書，菲莉。

「會長大人有來這裡嗎？大約二十分鐘前他說要去散步，之後就沒有回來了。明明該盡快處理的文件堆積如山，他卻總是以技能蹺班──」

菲莉表情平淡地說著，但眼角帶著些微怒意。八成是一沒注意，就被他開溜了。

假如葛倫使用停止時間的超域技能〈時間觀測者〉的話，就算被他溜掉也無可奈何。但身為祕書兼護衛，菲莉會火大也是理所當然。

「妳晚了一步，他剛剛還在這裡。」

「是這樣啊，謝謝。」

菲莉微微皺眉，轉身就想離去。

「菲莉。」

傑特忽然叫住她。

「有什麼事呢？」

「最近的會長有怪異之處嗎？」

「怪異之處？」

傑特突兀的問題，使菲莉訝異地蹙眉。不過這是當然的反應。

但菲莉是會長的祕書兼護衛，基本上整天都跟著葛倫，假如葛倫真的是黑衣男，菲莉是最有可能發現葛倫不對勁的人。

「比如偷偷摸摸地做什麼，或是言行有矛盾的地方之類的。什麼都可以，有沒有——」

「關於個人隱私的部分，我無法回答。」

菲莉打斷傑特的話，淡然說道：

「我的工作是管理會長大人的行程，以及保護會長的人身安全。除此之外的部分我不會過度干涉。」

「說的也是……」

聽到毫不意外的回答，傑特搔了搔頭。

就菲莉的個性，以及她的工作性質來說，她都不會隨便把葛倫的事說給其他人聽。

「不好意思問了奇怪的問題。希望妳能早點找到會長。」

「……傑特。」

傑特道歉，正想離開時，菲莉再次以安靜的聲音呼喚他的名字。傑特停下腳步。

「你在懷疑會長大人是黑衣男對吧？」

傑特心臟忽地一跳。

「沒、沒有……」

令人措不及防的問題，使傑特無法臨時想到好藉口。菲莉一如以往地以冷淡的視線，筆直看著支支吾吾的傑特。

「一直在近處看著會長大人的我敢說，那位大人比任何人都為冒險者著想，並為此努力至今。他不是那種希望喚醒魔神，使世界陷入危機的愚蠢之徒。」

「……嗯，是啊。我也這麼想。」

傑特總算有辦法回話，並有點感到後悔。

也許不該直接問的。因為無法確定菲莉是否已經投靠到黑衣男陣營那邊了。

除此之外，還有一個令傑特後悔的原因——因為菲莉是最不可能說「那種話」的人。

菲莉是公私極度分明的人，總是與他人保持明顯的距離，絕不越線，不自作主張，不拒絕但也不偏袒任何人。就算有人在自己眼前被殺，也會淡定從容地完成自己的任務。

所以，就算發現傑特懷疑葛倫，她也絕對不會怪罪傑特吧。當然也不會主動為葛倫做辯解。她不是那樣的人。

「但是……」

傑特還來不及對菲莉出乎意料的發言做出反應，菲莉已經繼續說下去了。

「雖然是值得尊敬的大人，但同時也是面對討厭的文書工作時，會不惜使出技能逃走、非常有人性的人。」

「……？」

菲莉凝視著傑特。傑特訝異地皺眉，無法明白菲莉說這些的用意。

菲莉拿出高級懷錶，確認時間後嘆了口氣。

「每次會長大人開溜，我都沒有成功找到過他。在公會中到處找人，我也有點累了，就和你聊個十分鐘吧。」

「……嗯。」

傑特答應後，菲莉沉默了許久，才以公事公辦的語氣說道：

「其實，過去的會長大人並不像現在這麼平易近人。別說一般的冒險者了，聽說就連《白銀之劍》的隊友，都對他都敬而遠之。」

「咦？」

傑特感到意外地眨眼。

「冷淡、頑固、只顧自己。不近人情，完全照著規矩做事，因此被說成沒人性的男人。」

那評價與現在的葛倫差太多了，使傑特微微睜大眼睛。

傑特知道的葛倫‧加利亞，是完全相反的男人。雖然身為公會會長，但不因此囂張跋扈或高高在上，不但不擺架子，而且對所有人都一視同仁……所以相當有人望，在公會內外都有許多支持者。傑特也一樣，一直很尊敬統領公會的葛倫。

「因為某件事，使會長大人的個性有了劇烈的轉變。」

「某件事？」

「他有了最愛的女兒。」

女兒。

這是不久之前，葛倫才剛告訴傑特的新情報。

他連一直單身的葛倫其實是人父都是第一次聽說，甚至女兒已經死了。

但想想葛倫的個性，就算他曾經有孩子，確實也不奇怪。

以對等的態度對待所有人，但同時又保持絕妙的距離感。那是有家庭要保護的男人特有的，收斂起尖牙與爪子的感覺。

「女兒的名字是琳・芮切。」

菲莉道出的名字，使傑特啞口無言。

「琳……芮切……《白銀之劍》的補師……!?」

而且那是葛倫擔任白銀隊長時的成員，只留下葛倫存活，犧牲的三人之一。

傑特仰頭看著眼前的白銀雕像。還是少女的補師下方的牌子上刻著「琳・芮切」幾個字。

「琳・芮切是孤兒，被會長大人收養。雖然沒有公開，但兩人確實是養父女的關係。」

「……」

「但是琳・芮切被挑選為《白銀之劍》的成員時，有一群一直對會長大人感到不滿的冒險者們開始騷動，甚至有傳聞說……『葛倫・加利亞賄賂了公會，讓自己的女兒進了白銀』。」

「……」

無法接受琳・芮切加入白銀的那些冒險者，宣揚她是走後門才成為白銀成員。

這是選出新白銀成員時常有的情況，大多數人都是基於眼紅才說的，但由於琳・芮切是葛倫・加利亞的女兒，讓情況變得格外混亂。

「如果那件事當時就鬧得那麼大，現在應該也會有人想以此攻擊會長吧？」

想搶奪公會會長位子的人，挖出葛倫過去的醜聞，企圖使他失勢，是很可能的做法。可是自從葛倫成為會長後，一直沒有出現權力鬥爭的傳聞，會長的位子坐得很安穩。

「當然。提到那件事，特別是帶著惡意散布消息的人，全都被『封殺』了。」

「……」

「琳・芮切成為《白銀之劍》的一員時，公會高層早就為葛倫・加利亞鋪好下任會長的路了。當然琳・芮切是以自身實力被選中為白銀的，選拔過程沒有任何問心有愧之處，但畢竟是左右將來是否能成為會長的重要時期，所以高層認為不能節外生枝吧。」

到頭來，在規模龐大的組織前，個人是如此地渺小，這是很常見的情況。

傑特對這個事實感到毛骨悚然，同時又有種不對勁的感覺。

菲莉的話太多了。

假如在平時，菲莉只會說最低限度必要的事。尤其在工作時間內，除了業務的事之外什麼話都不說，是常有的情況。這樣的她會如此滔滔不絕地談論主人的過去，是非常罕見的情況。

「在有了名為琳的女兒後，會長大人成長了許多。可是他卻失去了女兒。」

「……」

「雖然我也常被稱讚為『就像沒有心的人偶』，但我認為自己是懂人心的。」

菲莉以很像她會說的譏諷為前言，微微垂下眼簾。

「葛倫‧加利亞大人一攻略完灰色城塞，便立刻退役，接下公會會長的職位。那沒有陷進悲痛之中、邁步向前的姿態，使當時的冒險者們深受感動——可是，親眼目睹女兒死在自己面前的父親，真的有辦法立刻振作起來嗎？」

「……」

「對會長大人來說，琳‧芮切是什麼樣的存在，我無法想像。」

說到這裡，菲莉側頭別開視線，繼續小聲道：

「但如果是為了她，會長大人說不定……」

會成為「愚蠢之徒」吧。

也許是說不出口，菲莉說到一半，便沉默下來。

直到這時，傑特總算發現菲莉的側臉，散發出彷彿被逼到無路可走的感覺。

那表情究竟代表什麼意思，傑特無法明白。正因為是比誰都更近距離看著葛倫的她，才會對最近的他有什麼想法吧——

但，菲莉是正經八百到可怕的祕書，也是公會會長的優秀護衛。長年跟隨組織領導者的她，必須把所有見到、聽到的祕密全都放在心中，帶進墳墓裡。就算選擇死亡，她也不可能把在工作時接觸到的祕密說出來吧。

「我能說的就是這些了。請記得交出今天模擬戰的報告，記者那邊向公會提出了不少關於你的問題，也請記得回答。」
原本臉上的陰霾消失，菲莉一如既往地淡然說完，留下傑特離開了。

19

「再不回去，會被菲莉罵的……」
葛倫一面搔頭，一面朝辦公室前進。
藉口散步卻溜出來這麼久，葛倫可以想像菲莉坐在辦公室裡，安靜發怒的樣子。
「葛倫。」
被人呼喚名字，葛倫停下腳步回頭，見到一名背脊挺得筆直的初老男人。
「【劍聖】!?」
葛倫連忙朝突然出現的男人屈膝跪下。
【劍聖】。冒險者公會的創始人，打下赫爾迦西亞大陸的基礎，冒險者的始祖——繼承四聖血脈的後代之一。
可說是這片大陸之王的四聖，雖然不會直接參與行政，但是擁有比公會會長更高的權力。
也因此，不是能隨意在公會總部散步的人物。

「沒什麼。我只是有點擔心你。」

「我嗎……？」

「今天是琳的忌日對吧？」

被【劍聖】溫柔地瞇起眼睛看著，葛倫沉默下來。

對葛倫來說，【劍聖】不但是這片大陸之王，也是自己的劍術恩師。

而且，他還是把孤兒的琳交給葛倫，並以此為契機，讓當時還不成熟的他在人類感情上得到成長的人。

活潑又溫柔的琳，與沉默又冷淡的葛倫……個性天差地別，如油與水般互不相容的父女。只有【劍聖】非常有耐心地看著這對格格不入的親子。他總是關心著葛倫與琳的情況，任命琳為白銀時，公會中有不少人因琳與葛倫的親子關係而強烈反對，似乎也是【劍聖】在幕後為他們打點的。

「葛倫……你也差不多該去『掃墓』了。」

【劍聖】低語。聞言，葛倫猛地抬起頭。

「……可以嗎？」

「沒有什麼可不可以的。思念女兒，是身為父親的你天經地義的權力啊。」

【劍聖】溫柔地笑著說完，輕拍葛倫的肩膀後離去了。

葛倫跪在公會總部的走廊上，茫然地目送著那年老但仍然硬朗的背影，說不出話——直到【劍聖】的身影完全消失，他才安靜地起身。

他握緊拳頭，眼中燃起冰冷的火焰。

「……妳等著吧，琳。」

葛倫小聲喃喃，走回辦公室，腦中回想著令人懷念的過去——

20

「……孤兒、嗎？」

第一次見到琳，是葛倫十八歲時的事。

那時，他被劍術恩師【劍聖】——爵儂以「有件事要找你幫忙」的理由找出來，年輕的葛倫不情不願地來到爵儂那裡時，見到一名小女孩。

說難聽點，那是一名看起來很寒酸的少女。不過在知道她是孤兒後，反而就能理解了。

「是啊。你可以當一下這孩子的父親嗎？葛倫。」

「……我說啊。」

爵儂以拜託跑腿似的輕鬆語氣，提出強人所難的要求，葛倫微微皺起了眉。雖然爵儂很常提出亂七八糟的要求，但這次的「幫忙」還是太超過了。

「請別用那種隨便的態度，提出重大的要求。既然是孤兒，把她送到孤兒院不就好了？」

葛倫不想插手般語氣冷淡地說，而爵儂早已習慣他這模樣似地聳了聳肩。

「嗯，確實很像『沒人性』的你會說的話呢。」

「……」

「你就是這個樣子，所以沒人想和你組隊。如果不是因為實力強到可以加入《白銀之劍》，你一輩子都得單獨冒險吧。」

如同師父說的，當時的葛倫是徹底的實力主義者，沒有任何能真正稱為同伴的人。只要明白對方會拖累攻略進度，就毫不猶豫地拋棄；戰鬥中認為對方沒救了，就毫不留情地見死不救。他就是如此冷酷的男人。對葛倫來說，冒險者只是一種工作，所有無法為成果提出貢獻的部分，全都不需要。

葛倫・加利亞沒有人性，冒險者們私底下都如此嘲笑他。除了《白銀之劍》，葛倫沒有能長久待著的隊伍。至於白銀，則因為是公會的精銳部隊，立場特別，所以才能維持下來，否則隊伍八成也早就解散了。

「您想說什麼？」

「沒有沒有，我今天不是要找你說教的。就算想把這孩子送到孤兒院，但每間孤兒院的人都滿了。上次出現的那個新迷宮……不是死了很多冒險者嗎？他們的孩子都因此流落街頭。」

「……」

葛倫再次打量起少女。也許是長期在街頭流浪，只見她蓬頭垢面、衣衫襤褸、渾身髒汙，手腳枯瘦如柴。

可是少女唯有眼神，比城市裡的人們更有活力。看著葛倫的栗子色眼睛燦然生輝，充滿期待與希望，沒有任何警戒之色。

葛倫強硬地別過頭，說道：

「既然如此，就把她扔回原本的場所吧。既然她能一個人活到現在，今後也能一個人活下去。我沒有成為她父親的義務，這世上也沒有冒險者非救孤兒不可的規定。」

「就知道你會這麼說。所以我也有我的說法——這是修行。」

「……修行？」

「與家人相處的修行。付出愛，得到愛的修行。你啊，有點太頑固了。」

「……」

又開始了。師父千篇一律的說教。你對其他人太嚴格了，你的腦子太硬了，你該多點溫柔，多關心同伴才對。

爵儂傳授的劍術與處世方法、冒險者的知識，全都非常受用。但唯有這說教，葛倫完全不想聽進心中。

工作時追求更好的成果，有什麼不對？冒險者沒那麼好混，可以和礙手礙腳的三流人士組隊玩扮家家酒。與技術不成熟、缺乏判斷力的傢伙組隊，只是浪費時間，而且葛倫也沒有義務等那種傢伙成長。沒用的傢伙儘早拋棄，才是最合理的做法。

「我不明白對冒險者來說，那種修行有什麼用處。」

「不過你看，這孩子已經喜歡上你了哦。」

葛倫驚訝地回神，只見小女孩搖搖晃晃地朝自己走近，握住了自己的手指。近距離被那麼晶亮的眼神抬頭看著，就連葛倫都覺得有點狼狽。

「……」

因為，沒有人會用這種眼神，看著被說成沒人性的葛倫。

也許出於畏懼，冒險者們都以看著魔物的眼神看著葛倫，並且與他保持距離，非必要時絕不靠近。但是對葛倫來說，那樣的距離感正好。冒險者是工作，工作時不需要投入無謂的感情。冷靜地完成交給自己的任務，才是正確的做法。

所以，少女那自來熟的眼神，使葛倫感到強烈的厭惡，他皺著臉，粗魯地甩開少女的手。

「我做不到。」

「所以我就說是修行。你沒有拒絕的權利。」

「什麼……！」

「順便說一下，不可以把她丟回原本的場所。要好好把她養大成人才行。養育費我會出……雖然你也不缺錢就是了。」

「可是——！」

不服氣的葛倫正想繼續抗議時——

咕嚕——

有人的肚子大聲作響，打斷了葛倫的反駁。小女孩瞪大眼睛，面紅耳赤地別過臉。

「我……餓了……」

小女孩說著，以枯瘦的小手揪住葛倫的護具。

「……」

那就是葛倫與小女孩——琳第一次見面的光景。

從那天起，葛倫在師父的強迫下，成為了父親。

21

午休結束，下午的課程開始。

亞莉納恍神地聽著講師枯燥無味的上課內容。

站在講臺上的已經不是羅賽塔了。下午上的是櫃檯業務的實務課程，由其他的講師上課。

被工作狂汙染了精神、陷入瀕死狀態的亞莉納努力振作，繼續參加下午的課程。她的大腦已經把「那個」判定為不能回想的黑暗記憶，加以封印，才總算能恢復正常。

話雖這麼說，亞莉納對研習當然也失去了熱情。說起來，亞莉納之所以想參加研習，是為了找出消除加班的方法。如今最大的目標被粉碎殆盡，她已經完全失去幹勁了。

（嗚嗚……我的生日假……）

亞莉納在心裡流淚。說到底，想要尋求別人的建議本身就是錯誤的嗎？不對，借助前輩們的智慧學到新的方法，在工作中是基本中的基本，但——

亞莉納對上課內容充耳不聞，為了取得生日假，打算以自己的力量想出新的業務改善方案。由於下午的實務課程是為新人做說明，已經有三年工作經驗的亞莉納沒必要特地聽課。

（業務改善方案業務改善方案……咕嗚嗚嗚什麼都想不出來……是說如果想得出來，我早就直接做了啊……！）

就算胡亂發火，也仍然想不出任何好點子。亞莉納煩躁地看向窗外，打算轉換心情。

（咦？）

從亞莉納的座位，剛好可以看到有白銀雕像的庭園。亞莉納在其中發現眼熟的臉孔，原本的煩躁煙消霧散。

是葛倫與傑特。兩人正站在白銀雕像前說話。

（這麼自由，冒險者真好……）

亞莉納有些嫉妒地想著。兩人說了一會兒後，葛倫離開了，留在原地的傑特像是在思考什麼似地，邁開了腳步——

忽地，傑特抬頭看向亞莉納。

「……！」

太過突然的四目相對，讓亞莉納差點叫出聲音。這裡是三樓，亞莉納完全沒想到離得這麼遠，也會被他發現。

眼神交會後，傑特開心地笑著對她揮手。

但，只有那樣。

沒有大叫「亞莉納小姐！」，也沒有故意說什麼會讓周圍的人誤解兩人關係的話。

雖然這樣不會讓人煩躁很好，可是——

該怎麼說，這種距離感，好像兩人之間有道看不見的牆。

「……」

胸中鬱悶的彆扭感再次湧起。你不是這種人吧？幹嘛在那邊裝得像是人畜無害的暖男。這樣的話，不就只是普通的櫃檯小姐，和普通的冒險者而已了嗎？實際上，他們根本不是這麼簡潔的關係，應該更隨便，距離近到讓人煩躁，也不需要掛起業務用的笑容，不需要說客套話，不需要隱藏感情——

（慢著，我在想什麼啊？）

亞莉納快速拉下臉，將頭別到一旁。為什麼我非得為了傑特而感到悶悶不樂不可啊。

22

「呼——總算結束了……」

漫長的研習第一天結束，亞莉納無力地癱坐在戶外的長椅上。太陽開始西斜，由於下課時間與下班時間相同，不少職員正走向大門，準備回家。

「雖然不用加班很好，但是研習也有研習的累處呢……」

「真的，感覺今天特別累呢。」

「妳不是一直在睡覺？」

「睡到累了。」

「……」

「應該說，前輩妳居然有辦法醒著……」

萊菈以尊敬又不可思議的眼神看著亞莉納，疑惑道。

「巨大迷宮出現時一直在加班，我還以為妳一定也會睡眠不足呢。」

「這可是有訣竅的。」

哼哼，亞莉納得意地豎起食指：

「明明已經到了極限，可是連午休都沒辦法小睡……因為在辦公室公然睡覺會影響人事考績……那種時候，就要輪流睡一隻眼睛！」

「……欸？」

「讓右眼睡一下，接著換左眼……像這樣反覆輪流休息的話，就結果來說就等於閉上雙眼睡覺，還可以趕走睡魔，保持清醒哦。」

「……我從來沒有像現在這樣覺得前輩可憐過……」

「為什麼啊!?」

「先、先不管那個了，餐廳裡人超多的呢！」

亞莉納以三年的工作經驗練出來的訣竅，使萊菈露出有些退避三舍的表情，強行改變話題。

研習結束後，亞莉納與萊菈前往餐廳吃晚餐，沒想到餐廳裡早已擠滿了人，根本找不到座位。明白自己來得太慢，亞莉納如喪家之犬般，頹然踱步到外面的長椅癱坐。

「想不到晚上餐廳的人會那麼多……本來以為會來餐廳吃晚餐的，只有今天在總部過夜的櫃檯小姐而已，不會很擠，可以悠閒地走過去——在這麼想的時間點，我們就已經輸了。」

「應該說，明明都下班了，還有那麼多人在餐廳吃飯……太黑暗了……那些一定都是留下來加班的人吧。」

「不過因為總部離城鎮有段距離，附近也沒有餐飲店，而且聽說總部事務的加班量和服務處根本不是同一個等級的呢。」

「我快餓死了～真希望能早點有空位～」

明明上課都在睡覺，好像還是會肚子餓。萊菈淚眼婆娑地摸著肚子說完，突然一口氣站了起來。

「前輩，我去餐廳看看情況，運氣好的話說不定能找到空位！」

「咦？等——」

也許是餓到受不了了，萊菈說完便不顧勸阻地朝餐廳衝刺。

「……太衝動了……」

目送愚蠢的後輩身影轉眼間消失，亞莉納嘆了口氣，此時——

「研習辛苦了。」

彷彿看準時機似的，有道男聲從亞莉納上方傳來。

亞莉納抬頭，見到一名不認識的男性。對方穿著公會的制服，應該是的員工吧。看起來挺年輕的，臉上掛著友善的笑容。

「……？辛苦了。」

是會和所有看到的人一一打招呼的類型嗎？亞莉納心想，客套地回應，但眼前的男人並沒有要離去。

「妳是今天來研習的櫃檯小姐吧？」

對方笑咪咪地說著，看來不只是來打招呼的。雖然亞莉納立刻察覺到麻煩找上來，可是已經太遲了。男人以親暱的語氣繼續說：

「妳是哪個服務處的呢？」

「……伊富爾服務處。」

也沒辦法對公會員工說謊，亞莉納不情不願地回答後，男人瞭然地點頭。

「哦，是最大的服務處呢，應該很辛苦吧？」

「請問你有什麼事呢？」

「沒有啦，其實也沒什麼要緊事，我只是想說可以趁這個機會拉近一下感情。」

什麼叫這個機會？男人強勢地挨近亞莉納。雖然亞莉納已經想揍人，可是在人這麼多的公會總部裡，她當然不能真的那麼做。

「不好意思，我不是為了那種目的來研習的。」

亞莉納掛上營業用的笑容，打算穩妥地打發這件事，可是男人仍然不肯放棄。

「別這麼說嘛，已經是下班時間了，用不著那麼拘謹。妳今晚要在研習大樓過夜吧？我也還有工作要做，想在加班前休息一下，不如我們一起散散步，互相吐一下工作上的苦水……」

男人邊說著，邊將手伸向亞莉納的肩膀時——

「好痛痛痛痛!!」

他突然大聲哀號起來。有人從側邊抓住男人的手，制止了他的動作。

「想吐苦水的話，我聽你說吧。」

以有些低沉的聲音如此說道的，是傑特。

「傑……傑特・史庫雷德大人……!?」

「如果有什麼煩惱，我可以聽你說哦。事務方面的工作我也略懂一點。對了，我記得你是……主大樓事務室的人吧？」

「我——」

男人的臉唰地失去血色。光是被幹部等級的傑特盯上就很不妙了，如果連自己的單位都暴露，不知道會不會影響今後的評價。

「只要查一下，就能知道你是哪個單位的。這麼一來，我就能更瞭解你的『煩惱』了。」

「不、不用麻煩了，謝謝您的好意……！」

男人狼狽地說完，快步離開了。

「……到底在幹嘛……」

亞莉納傻眼地嘆氣。傑特尷尬地偷眼看她，又一樣冷淡地移開視線。

「就算這裡是公會總部，一個人時也要小心點哦。那我走了——」

傑特說完便想離開，亞莉納卻突然拉住了他的衣服。

「咦？」「啊。」

傑特訝異地回頭，與回過神的亞莉納的驚呼聲重疊。亞莉納慌張地放開傑特的衣服，視線亂飄。

「不是，那個……謝謝你幫我。」

亞莉納難為情起來，以生硬的語氣道謝後，不再說話。兩人不知為何陷入尷尬的沉默之中。傑特也失去離開的時機，彼此錯開眼神，無言地過去了數秒。

不對，說到底這傢伙沒說話才奇怪。

平常的話，傑特肯定會說上幾句噁心的話，然後亞莉納還以痛罵，就這樣讓彼此的失禮一筆勾消。他們原本不是這樣的關係嗎？

平時的那些互動卻不見蹤影。雖然亞莉納也不是想罵傑特，但——總覺得不喜歡這樣。

亞莉納將放在腿上的手握成拳頭，回過神時，話已經脫口而出了。

「你……你的『改善印象大作戰』……只有反效果啦!!」

「咦——」

傑特全身凝固似的聲音立刻傳來。

「這樣比平常更煩！……照平常那樣就好了吧！」

「可……可以嗎？」

「雖然不可以但是可以！」

亞莉納有如任性的孩子般氣勢洶洶地大叫。

「你那種生疏的態度，該說是讓人步調全亂……！平常老是亞莉納小姐亞莉納小姐煩死人的傢伙，突然變得人畜無害反而讓人更不爽！」

可是她的聲音卻愈來愈小。

「所……所以，就是說……」

最後，亞莉納把視線從傑特身上移開，不滿地噘嘴。

「……不要裝得那麼冷淡啦。」

小小的聲音微弱地響起。

驚慌失措的傑特無言地張大了嘴。

「總、總之！」

忍受不了這種沉默，亞莉納為了掩飾難為情似地豎起眉毛，用力指著傑特：

「給我變回平常的變態混帳跟蹤狂！知道了嗎！」

「知……知道了。」

聽到傑特茫然地回應，亞莉納哼了一聲。其實她也不知道自己在說什麼。

可是，只有一點是確定的，就是她不想被這個傢伙冷淡對待。而為什麼不想，亞莉納不知道，也不想去知道。

「難道……」

傑特恍然大悟似地，以僵硬的表情發問：

「我讓妳不開心了嗎……？」

「是啊。」

「……對不起。」

「知道就好。」

「謝謝妳直接告訴我，我在這方面很笨……」

傑特邊說，邊難為情地搔頭。

「你的話不只是笨，是脫離常軌的笨。」

「唔！」

「……不過……」

亞莉納把頭別向一旁，微微鼓起腮幫子，小聲地碎唸道：

「那樣也無所謂。」

23

「咦？是傑特大人。」

萊菈的聲音突然傳了過來。從餐廳回來的她，因為見到傑特而睜大眼睛。

「萊菈，有空位了嗎？」

「完全沒有……我不死心地一直等，但還是沒位子，只好先回來了……」

「哦，這個時段是餐廳人最多的時候。中午有不少人會到外頭吃午餐，所以餐廳反而沒那麼多人，比較瞭解的人，通常會直接帶簡單的晚餐來總部。」

「唔……像這種情況，不知道內情的外人最吃虧了……」

「啊，對了傑特大人，我有件事想問您。」

萊菈想起什麼似地豎起食指。

「什麼事？」

「您有聽過『死神』的傳聞嗎!?」

比研習時更有精神的萊菈向前探出身子：

「我們今晚必須在那個傳聞中有死神出沒的研習大樓過夜……！」

「哦，我有聽說過，不過那只是傳聞吧。」

「妳看，我就說吧。」

「啊啊啊啊真是的不知道什麼叫恐怖的人真討厭……！」

完全得不到共鳴的萊菈抱頭吶喊。

「要是真的出現該怎麼辦!?那可是死神哦!?穿著漆黑的長袍，藏匿在黑暗中——說不定現在也虎視眈眈地想把我們抓去那個世界哦!?」

「……漆黑的長袍？」

傑特眉尾忽地一跳。

「大家都是那麼說的，怎麼了嗎？」

「沒有……」

傑特陷入沉思似地突然安靜下來。萊菈疑惑地歪著頭。

「好，那我今晚也在研習大樓的宿舍過夜吧。」

「啥？」

亞莉納露骨地表現出嫌惡的神色。

「你來住的話，原本不會出來的東西也會出來吧。」

「等一下等一下前輩妳不要說那麼恐怖的話啦……!!」

「不，因為我有些在意的事。反正我今晚本來就打算在訓練場練習技能，所以正好。」

「有傑特大人在研習大樓的話讓人很安心呢！畢竟您是最強的盾兵——」

萊菈說著，突然踉蹌了幾步。傑特扶住差點摔到的萊菈，看向那名撞到萊菈，卻連句道歉都沒有就跑遠了的冒險者。

「？怎麼感覺氣氛有點慌亂……」

亞莉才剛納詫異地說完，附近就有人大叫：

「——喂，聽說發現了新迷宮哦！」

「地點是西偉大教堂，這次有七層樓，是超大型迷宮哦……！」

「快點！趕快去服務處接任務，那邊已經開始人擠人了！」

啪嘰！亞莉納整個人僵住。

新迷宮。超大型迷宮。亞莉納的大腦拒絕接受那些有如惡魔般的詛咒詞彙。

可是，眼前的光景絕對不是作夢。原本一臉清爽地準備回家的職員們立刻改變方向，換上老練的加班戰士的肅殺神情，匆匆地走回職場。原本大概正在餐廳用餐的冒險者們也捧著吃到一半的盤子，急急忙忙地往公會總部的傳送裝置跑。

「「……」」

亞莉納的臉色如死人般慘白，一旁的萊茲也一樣。兩人沉默地凝視著眼前的虛空。

「……前輩，妳剛才有聽見嗎？」

「……嗯。聽得一清二楚……」

亞莉納才說完，便頹然跪倒，雙手撐在總部的地上，垂頭道：

「現在發現迷宮……表示研習完回服務處時就得面對地獄了……？」

「而且他們說有七層呢。不知道要花多久時間才能攻略完……」

傑特不知死活地補充，亞莉納狠狠瞪了他一眼後，勉強起身。

「不、不過！至少研習的這三天是安全的。因為我們正在研習嘛！所以不需要管世俗的事，只要專心上課就好——」

「妳們兩個。」

一道安靜的聲音打斷了亞莉納的話。亞莉納回頭，見到白天時擔任導覽者的研習負責人。

「妳們是伊富爾服務處的櫃台小姐對吧？」

「？是的……」

「晚點到主大樓的事務室一趟。伊富爾服務處有東西要轉交給妳們。」

「有、東、西……？」

聽見可怕的話語，亞莉納的臉頰抽搐起來。

明明再過幾天她們就會回伊富爾服務處了，等不到研習結束就特地把東西送來，可見情況相當緊急。

亞莉納心中全是不好的預感。

「請、請問、東西是……？」

亞莉納戰戰兢兢地發問。對方以與介紹公會總部時一樣的平淡語氣，說出完全如亞莉納預料的最差勁答案：

「伊富爾服務處尚未處理的委託書。」

「……」

「伊富爾服務處的處長有話轉達給妳們：『以現在的人手無法即時處理完這麼多委託書，麻煩妳們也幫點忙了。』一般來說，為了避免遺失或情報外洩，這類文件不能隨意帶出服務處，但這次是非常事態，所以特別允許此事。」

請小心處理這些文件。研習負責人沒血沒淚的叮囑聲，感覺像是從很遙遠的地方傳來的。

亞莉納雙眼一翻，無法回話。

「這……這是怎樣啦啊啊啊——————!?!?」

研習期間絕對會準時下課、不用加班——這樣的「研習神話」，在這瞬間應聲破碎。

24

晚餐後，傑特把被絕望籠罩的亞莉納與萊菈送到研習大樓。他能做的，就只有幫忙搬運從伊富爾服務處無情地送來的大量文件。

（再怎麼說也不能在亞莉納小姐她們的房間待到深夜，也不能幫忙處理文件……）

情況與平常在伊富爾服務處加班時不同。雖然為了追查身穿黑色長袍的「死神」的真面目，傑特也打算在研習大樓過夜，可是長時間待在櫃檯小姐的房間的話，在常識上會令人起疑，他得避免這種行為。

不過伊富爾服務處似乎還有些許良心，送來的文件比平常的加班量少很多，是唯一值得安慰的部分。亞莉納和萊菈一起處理的話，應該很快就能做完。

（話雖如此，亞莉納小姐實在太衰了……）

不但白天被工作狂精神攻擊到出現心靈創傷，甚至在「絕對準時」的研習期間也不得不加班，她該不會被什麼惡靈附身了吧。

傑特思緒雜亂地想著，一道輕快的腳步聲由遠而近。

「找到了找到了！我可愛的小白鼠！」

伴隨著腳步聲，有人喜孜孜地說著危險的話。

老實說傑特完全不想見到那個人，他反射性地想轉身逃走，可是當他聽到時已經來不及了。沒有得到逃跑的機會，某種柔軟的物體牢牢固定住傑特的手臂。

「抓、到了～！」

開心地環住傑特手臂的，是公會總部研究部門的精英——榭麗。

在公會中公認有很有分量的她，姣好的臉上掛著燦爛笑容，豐滿的胸部毫不客氣地夾著傑特的手臂。然而，傑特只是長長地嘆了口氣。

只要聽到下一句話，就能明白原因了。

「吶，傑特，我剛才想到一個假說，你可以當一下小白鼠幫我驗證嗎？」

榭麗拋著媚眼，口吐驚人之語。傑特一臉萎靡地從榭麗的臂彎中逃開。

「饒了我吧，絕對不要。」

榭麗是在遺物與技能研究的第一線非常活躍的優秀研究員，可是她只要逮到機會，就想拿身體強健的傑特做實驗，可說是危險人物。

「別這麼說嘛，只是一點小～小、小～小的實驗而已——」

樹麗邊說，邊在白色實驗袍的口袋中掏摸，拿出一顆黑色的石頭，遞到傑特面前。

「——只要把這顆魔神核放進身體裡就好。」

「誰要做那種事啊!!」

傑特猛地退開，與天真無邪地笑著說出這些話的瘋狂研究員保持距離，臉色鐵青地拒絕。

「樹麗，妳該不會沒把我當人看吧!?」

「就白老鼠來說，是沒有任何問題的白老鼠哦？」

「不妳根本沒解釋到，而且問題可大了！」

傑特渾身發抖，指著樹麗掌心上滾動的魔神核。

「是說那個，不是說了不能隨便拿到外頭被人看見嗎！」

就算在公會裡，魔神的事也只有極少數人知道。雖然魔神核看起來只是有光澤的黑色石頭，可是被樹麗這種等級的研究員謹慎攜帶，就很容易引起注意。

「哎唷～像這種東西，遮遮掩掩地收著，反而更容易引人注意哦——不開玩笑了，我會徹底保密的，不用擔心啦。」

樹麗嫣然一笑。

「被人看到的話，就說這是被我當成護身符的能量石就好。」

這樣還是很令人不安。

話雖這麼說，但是考慮到榭麗至今為止的成就，也只能把魔神核交給她分析了。而且也不能小看她基於多年研究經驗，與天才研究者的嗅覺而提出的「假說」。事實上，榭麗也確實解明了「魔神殺死的人類數量，等於魔神能使用的神域技能的數量」這個對今後的戰鬥非常重要的魔神核之謎。

「……所以這次明白了什麼嗎？我接下來要去訓練場。」

「哎呀，你正在忙啊？真不好意思，只好下次了。」

榭麗遺憾地把手靠上臉頰。

「老實說，這次的假說與其說是假說，更接近妄想吧。所以我想在向上面報告前，先用你試試……」

「順序反了吧？」

「真拿你沒辦法。改變心意的話，隨時可以來我的研究室找我哦。」

呵呵，榭麗柔和地笑道，離開了。

以後睡覺時一定要把門鎖緊。逃過魔掌的傑特在心裡發誓，走向訓練場。

25

「被他給溜了呢……」

榭麗喃喃著，把自己關在總部的研究室裡。

桌子上，拳頭大的黑石在桌燈照射下，反射出黑亮光澤。這是魔神席巴的動力來源——魔神核。

這幾個月來，榭麗一直在分析魔神核，但有一件事一直令她很在意。今天之所以想找傑特做實驗，就是想消除那個疑問。

榭麗凝視著魔神核，滿腹的疑問在不知不覺中脫口而出。

「為什麼魔神核裡沒有神之印呢……」

這是她最近一直在意的事。

先人留下來的遺產之一——遺物，是先人以失傳的先進技術與力量製造的物品。想瞭解先人的事，就必須研究遺物。

遺物的種類非常多，但是有一個共通點，就是上面一定刻有朝八個方位放射的太陽魔法陣——神之印。這被認為是用來代替創造者的簽名。

根據白銀們的說法，席巴與雙胞胎魔神的身上都有神之印。這部分可以理解，因為魔神是先人創造的「活生生的遺物」。

但假如魔神核也是先人創造的物品，上面不也該有神之印嗎？為什麼只有魔神核上沒有那個簽名呢？

「唔——是因為黑過頭了，所以看不見嗎？」

榭麗漫不經心地歪頭，凝視著魔神核。

有如將黑暗濃縮而成的黑色石頭。似乎連光線也能吸收的那漆黑，其實不是單純的顏色。

仔細看的話，會發現魔神核中有數不清的「什麼」在蠢動。魔神核就是凝聚了那些「什麼」，才會變得漆黑。

在魔神核中蠕動不已的那些，是神域技能的魔法陣。

宛如將無數蟲子封在其中似的光景，令人看著就不舒服。榭麗細心地觀察魔神核，但果然沒見到任何類似神之印的東西。

說起來——榭麗心想。就算是先人，真的有辦法製造出與人類幾乎完全相同的東西嗎？

魔神的外型基本上與人類沒兩樣，而且具有人格與感情。雖然有超凡的力量，而且個性殘忍，但除此之外與人類沒有多大差別——白銀們是這麼感覺的。

由於魔神毀滅了自身的創造者先人，表示魔神的自我與思考能力都是獨立的。說直接點，就連創造出魔神的先人，也無法控制魔神的意志。

簡單來說，比起遺物，魔神更像人類。

（有必要製造出那麼像「人類」的遺物嗎……？）

先人追求著力量。根據到目前為止的研究，可以知道先人對力量的渴求非常貪婪。

「追求力量，以『製作出與人類極度相似的遺物』為目標，最後創造出有自我意志卻不受控制的魔神，因此導致自己滅亡……這樣有點太沒腦了吧……？」

那種顯而易見的風險，應該想像得到才對。當然也有可能是在已知風險的情況下，發生了意料之外的失敗，但就算那麼說，還是太輕忽大意了。

像這種時候，榭麗會想像如果是自己會怎麼做。假如追求純粹的力量，她應該會選擇製作沒有自我意志、理性、與感情，會忠實地聽自己命令的人偶吧。

不，應該說從一開始，就不會想製作與人類極度相似的東西。因為有更快更簡單的方法。

「把人類遺物化——那麼做的話更快呢。」

到頭來，雖然人類得到了強大的力量，可是因為無法控制魔神的行動，最後以失敗收場。這樣似乎更說得通。

魔神核本身沒有力量，但鑲入魔神核的存在，會成為具有強大力量的遺物。這麼想的話，就能解釋為什麼只有魔神身上有神之印了。

「唔——難道說不是難道，這玩意兒，絕對不要碰比較好嗎？」

事到如今才想到這個結論，樹麗無奈地苦笑起來，就在此時——

「唷，研究得如何了？」

身後突然有人發問。以為是上司來關心進度的樹麗，不以為意地回頭——說不出話來。

因為站在自己身後的，既不是公會的研究員，也不是一般職員。

一名全身被黑色長袍籠罩的男人，悄無聲息地站在她身後。

「什……」

樹麗驚愕得忘了呼吸，思考停止了一秒後，立刻從椅子上起身，拿起桌上的魔神核。

黑袍人沉默地站著，看起來就像幽靈一樣。那詭異的模樣，使樹麗的心臟劇烈地跳動。

（難道、是黑衣男……!?）

穿著黑色長袍，無聲無息地突然出現的男人——樹麗因與傳聞中一致的特徵而焦急。唯一的出入口在黑衣男後方，雖然旁邊有窗戶，但這裡是三樓，冒然跳下去，最壞的下場是摔死。

再說總部的人這麼多，他究竟是如何穿著如此顯眼的黑色長袍侵入這裡的？

「……！」

樹麗迅速掃視四周，拚命地思考逃離這個突發危機的方法。

她只是普通的研究員，不像傑特他們有戰鬥能力。如此一來，只能大叫求助——

「救——」

救命——雖然想如此大叫，可是從她口中發出的，只有短促的氣音。

不知何時，黑衣男已經來到樹麗眼前。他的拳頭狠狠地擊中樹麗的腹部。

晚了一拍才傳到大腦的鈍痛，使樹麗呼吸困難，接著眼前金星亂飛，身體逐漸歪斜——樹麗倒在了地上。她的手一鬆，黑色魔神核便滾落至地上。

逐漸模糊的視野中，黑衣男撿起了魔神核。樹麗拚命地朝黑衣男伸手，但只觸碰到虛空。

最後，她的意識被黑暗所吞沒。

＊＊＊＊

「……每個傢伙都過得太安穩了。」

黑衣男瞥了倒在地上的女人一眼，不屑道。

他很快地將視線轉移到手中的魔神核——的瞬間，男人卻把魔神核壓在自己的左手上。

「就快了……」

黑衣男以有些寂寥的聲音細語。

下一刻，他咬緊牙關，以渾身之力把魔神核按進了左手。

「……我說啊，想特訓的話我們當然會陪你，可是——」

傍晚時分，勞不滿的抱怨聲，在研習大樓的玄關大廳響起。

「為什麼連我們都得住在這麼破爛的地方啊……」

勞打量著發出霉味的研習大樓，用力皺眉。

「別這麼說嘛。」

傑特邊苦笑，邊朝今晚過夜用的房間前進。

三人走在從大廳延伸的走廊上，來到有許多個人房的區域。這些是能自由使用的房間。至於櫃檯小姐們的房間則是在二樓。

「很……很有氣氛呢……研習大樓……」

走在後方的露露莉吞著口水。

「露露莉，我不是說會怕的話不用來嗎？」

「這可不行。依照這個情況……一個人留在伊富爾的宿舍，反而更可怕……！」

「確實，依照套路的話，幽靈第一個襲擊的都是落單的傢伙呢。」

勞賊笑著嚇唬露露莉，露露莉沉默地以魔杖（Rod）鑽他的側腰，「嗚！」勞只能閉嘴。

以《白銀之劍》為首的公會精英冒險者，在大都市伊富爾的一級地區都有氣派的專用宿舍。傑特等人平常都住在那裡，今天是傑特特地拜託兩人在研究大樓過夜的。

之所以這麼做，當然是為了傳說中的「死神」是黑衣男的假設做準備。

「是說，傳說中的『死神』可能是黑衣男啊……真的有那麼巧的事嗎？」

勞狐疑地發問後，傑特把最近一直在意的事說出來：

「百年祭時，黑衣男不是讓海茨進入公會的地牢與地下書庫嗎？而且還是以正式的手續進入。既然如此，黑衣男很有可能是公會內部的人，也有可能出入公會總部。」

「我也有這麼想過啦～說到地下書庫或地牢，就連在公會內部，也只有極少數人有權限那麼做啊，該不會是公會會長吧？才怪。」

勞半開玩笑地說著，但傑特沉默下來，並不否定他的話。見狀，勞的笑容僵住了。

「……咦？隊長，難道你真的認為會長是黑衣男嗎？」

「沒辦法否定這個可能性。如果會長……葛倫・加利亞是黑衣男，那麼很多部分就有合理的解釋了。」

「不不不，再怎麼說都不可能吧？」

「就、就是啊！」

露露莉臉色發白地插嘴。

「會長不是一直在和我們一起思考，該怎麼對付魔神嗎？如果會長是黑衣男，打算讓魔神復活的話，他就不會讓能打倒魔神的亞莉納小姐和白銀一起活動了。這樣太矛盾了！」

「……」

露露莉說的沒錯。假如葛倫是黑衣男，從一開始，他就不會讓亞莉納插手魔神的事。也正是因此，傑特無法肯定地說葛倫絕對是黑衣人。而且他也打從心裡不想相信這件事。

「我的想法和露露莉一樣。」

看著一臉嚴肅地沉默的傑特，勞慎重地開口：

「不過，隊長應該也有想過這個矛盾之處吧。儘管如此，還是懷疑會長的話……應該有隊長的道理吧。」

「你、你們太過分了！」

露露莉氣沖沖地豎起眉毛：

「你們忘了嗎？會長可是那時候相信我們到最後的人啊……！他怎麼可能是黑衣男呢！」

那時候。

傑特知道露露莉想說什麼。

那其實只是幾年前的事而已——以傑特為隊長，剛遴選出新的《白銀之劍》成員之時。

雖然說現在，傑特他們的《白銀之劍》已經是眾所公認的一流隊伍，可是他們並非從一開始就有一流表現。他們也曾有表現得不盡理想的時期。

當然，沒有好成績的話，《白銀之劍》就必須解散。

對於只坐在辦公桌前，不知道現場情況的人來說，只要沒有顯而易見的成果，他們就會認為該重新檢討《白銀之劍》的成員——也就是全部換人的意思。總之，就是開除現在的《白銀之劍》。

「再觀望一陣子吧。」

然而在令人胃痛的檢討會議上，每次幫傑特他們說話的，是葛倫。

『沒有人從一開始就可以做到完美。只因為沒有立即的成果，就不給予機會直接換掉，就長期來看不是好的做法。』

儘管葛倫這麼說，當時的幹部仍紛紛反駁。

『會長，您太心軟了。我們是基於「能立刻有成果的一流人才」的標準挑選這些人的。假如他們沒有辦法取得預定的戰績，就不是適合這標準的人選，應該盡快重新編組「真正的一流隊伍」才對。』

『公會花在《白銀之劍》上的金錢絕對不少。身為組織領導者，必須公正地使用組織的金錢才行。恕我直言，您是否因為原本是白銀，所以有些過於偏坦他們了呢？」

『財務部長說的對。雖然在白銀的代表面前這麼說有些為難……但今年的白銀，與歷代白銀相比品質相當差呢。』

一名幹部瞥了傑特一眼，如此說道。那是以金錢衡量人類的冷淡眼神。當時的公會總部裡，有太多人用那種眼神看傑特他們了。

『我認為這是公正的使用方法。』

儘管有許多苛刻的反對聲，葛倫仍強而有力地否決。直到今天，傑特也依然記得葛倫說的話。

『所謂的一流，不是從一開始就很強，也不是絕對不會失敗。能依現場情況調整自己的對策、隨機應變，才能說是一流的人才。就這點來說，我認為這代的白銀並不差。』

『……』

『單純力量強大的傢伙，要多少有多少。各位的說法也很有道理……但是，不想培育人才，只想要垂手可得的即戰力，這樣是不是太傲慢了呢？』

葛倫一直相信著《白銀之劍》。只有這點，是千真萬確的事。

傑特沉默地垂下眼簾。

葛倫是黑衣男——最想否認這個可能性的，是傑特自己。

如果沒有葛倫，或者由其他人擔任公會會長的話，傑特他們的白銀早就被解散了，不可能走到今天。

可是，百年祭那天掠過胸口的不安，因白天時菲莉的表情，變得更強烈了。

「反正現在也只是沒有任何證據的假設而已。只要能抓到黑衣男，一切就真相大白了。」

傑特厲聲說道。聞言，露露莉與勞都閉上了嘴。

心情很惡劣。

自己很少像這樣，壓抑不下負面的感情。至少，在這裡的三人都把葛倫當成同伴。就像那時葛倫相信白銀一樣，白銀也想相信葛倫——

可是，纏繞在胸口的不祥預感，無論怎麼做，都無法消失。

27

「為什麼……為什麼連研習時也得加班啊……！」

研習大樓的宿舍區一室。亞莉納在分配給她過夜用的房間裡，擠出低沉的聲音。

也許原本是多人房，石造的老舊房間裡有不只一張床。除此之外還有簡單的桌椅、小型衣櫃，全是短期居住時最低限度必要的家具。

沒錯，這裡是睡覺專用的房間，設計時沒有考慮過其他用途。而且亞莉納現在正值研習期間，應該早點上床休息，養足精神，為明天的課程做準備。

可是如今，映入亞莉納眼中的是堆積如山、幾個小時之內不可能處理完的大量委託書。這過分熟悉的光景使亞莉納眼中出現亮晃晃的殺意，如猛獸般齜牙咧嘴。

「那個……那個——混帳處長——……!!」

「前、前輩……！請不要發出比鬼還恐怖的怨念……！」

坐在文件小山另一頭的萊菈畏縮地顫抖起來，但亞莉納還是一把抓起手邊的文件，仰天怒吼。

「從來沒聽說研習時也要加班的啦——!!」

剛吼完，亞莉納又倏地趴到桌上，情緒不穩定地開始掉淚。

「參加研習時不是會保證人身安全嗎……？我的休息時間……我的休息時間……」

「前輩……」

亞莉納慟哭的模樣，使萊菈痛苦地垂下眉尾。

「可是、可是……不把這些處理完的話，之後會有更慘的地獄哦……」

「……我知道。」

亞莉納緩緩抬頭，做好覺悟。

才剛發現超大型新迷宮，跑去接委託的冒險者就多到現有人手處理不完了。也就是說，研習結束，亞莉納與萊菈回伊富爾服務處時，會有更多聽說新迷宮消息的冒險者湧到服務處，成

為地獄般的光景。為了多少緩和將來的痛苦，只能先把這些文件處理完。

「就算哭，文件也不會變少……！要幹活了哦，萊菈。」

亞莉納握緊羽毛筆。

眼前是堆成小山的文件。是冷血無情的伊富爾服務處送來的敵兵。

「是的，前輩……！」

萊菈也因肅殺的氣氛而挺直背脊。看起來就像要前往戰場的騎士。

「研習完回伊富爾服務處時，等著我們的是地獄般的戰場……所以我們要在今天先打倒這些文件!!要上了哦!!」

「瞭解，前輩！妳不能比我先睡哦！」

萊菈大聲回應後，嗖地拿出幾個小碟子。

「這是啥？」

「這是裝鹽用的碟子，我自己帶來的！」

「啊？」

萊菈說完，把碟子放在桌子的四個邊角，又不知從哪變出一包鹽，認真地把鹽倒進碟子。

「前輩不知道嗎？以鹽堆驅除惡靈是常識哦，常識。」

「不，我想問的不是那個……應該說鹽巴不是要放在房間的四個角落嗎？為什麼放在桌上……很礙事耶。」

「請別說礙事啦！萬一鬼出現時，就可以直接拿鹽撒過去了哦！」

「……」

雖然覺得萊菈弄錯很多部分，但總之她能安心就好。亞莉納不再多嘴，看向等待處理的文件。

＊＊＊＊

「這就是百年祭時發生的事，也算很好的體驗——咦？前輩？」

為了讓自己忘記害怕，萊菈滔滔不絕地說著話。忽地，她發現亞莉納沒聲音了。

直到剛才為止，亞莉納一直以「這樣啊」或「哦——」那種百分之一百二沒在聽的回應方式打發萊菈，可是現在完全沒聲音了。萊菈疑惑地抬起頭，發現亞莉納已經少見地趴在桌上睡著了。

萊菈臉色發青。

「等等等等一下前輩我不是說過別比我早睡嗎啊啊啊啊啊!!」

萊菈扔下處理到一半的委託書，慘叫著搖晃亞莉納的肩膀。但也許是累過頭了，亞莉納睡得很安穩，完全叫不醒。

「嗚、嗚嗚、怎麼這樣、為什麼、偏偏在今天……！平常的話都是我先睡死的說——」

說到一半，萊菈想起一件事。

「對了，因為我白天睡太多了……」

在教室上課時，特別是下午的課，剛吃飽的萊菈忍受不了枯躁的上課內容，乾脆大睡特睡。所以就算現在是深夜，她也完全沒有睡意。

「沒想到白天打瞌睡居然有這種壞處……不對不對，重點不是那個。前輩，前輩……」

亞莉納醒著時沒有任何感覺的房間，如今恐怖了起來。昏暗的房間中，只有一盞微亮的小燈。似乎要吞沒房間的黑暗，床下的陰影，微微打開的衣櫃縫隙——

「前、前輩，前輩……！」

萊菈淚眼汪汪地用力拍打睡死的前輩背部。

就在這時。

——喀。

突然傳來這樣的聲音。

那確實是什麼人的腳步聲。而且是光腳踩在冰冷石板走廊上似的，奇妙的腳步聲。

「……！」

萊菈倒抽一口氣，莫名地渾身發毛。

——喀，喀。

腳步聲緩緩接近。萊菈屏住呼吸。本能警告她，不能讓發出腳步聲的什麼東西發現自己。

然而……

她停下動作，憋著氣，在心裡祈禱腳步聲快從門前通過。

——喀。

腳步聲停止了。在萊菈她們的門前。

「……啊……」

萊菈忍不住發出低呼。明明不想看，視線卻不由自主地往門口被吸引。門把緩緩轉動起來。

「啊……！」

喀嚓。

理應上了鎖的門，輕易地被打開了。怎麼可能。萊菈僵在原地，連移開目光或閉上眼睛都做不到。

嘰——……

終於自顧自地打開的門後面——沒有任何人。

「咦——」

萊菈嚇得寒毛倒豎的瞬間——

「我好恨。」

耳邊傳來一聲微弱的低喃。

「咿！」

「我好恨。我好恨。我好恨我好恨我好恨我好恨我好恨我好——」

「咿呀啊啊啊啊啊啊啊啊啊——!!!!」

恐懼終於超過臨界點的萊菈放聲尖叫。目光因混亂而失去焦點，她六神無主地抓起放在桌上的鹽……不看目標地用力亂撒。

「惡靈退散！惡靈退散！惡靈退散！！！」

「……吵死了……」

視野邊緣有什麼動了起來。趴在桌上的亞莉納緩緩挺身，抬起了臉。

「唔，糟糕，我睡著了……？這是啥……鹽巴？」

亞莉納注意到撒在自己頭上的東西而皺眉。就在這時，萊菈發現站在想起身的少女身後的

「那個」，慘叫起來。

「亞莉納前輩……妳、妳、妳後面……！」

「後面？」

亞莉納聞言轉身，總算發現了「那個」。

詭異地呆站著的男性幽靈。

「非法入侵……？」

「不對啦不管怎麼看那都是鬼啦！！！」

雖然萊菈嚇到腿軟，但還是基於習慣用盡全力吐槽。不知何時，堆在四周的委託書飄上了半空中，房間裡充斥著令人發毛的破裂聲。

如此駭人的景象中，亞莉納以惺松的睡眼與呆站的男人對望，最後邪惡地揚起嘴角。

「原來如此。也就是說除了冒險者和魔神，連幽靈都想妨礙我加班嗎……」

亞莉納握緊拳頭，壓低重心。

「亞、亞莉納前輩？咦？等等，妳睡呆了嗎？」

「怕鬼的話……」

「等等等等──」

「還有辦法在職場加班到三更半夜嗎啊啊啊──────！！！」

亞莉納一面大吼，一面朝幽靈的腹部狠狠擊出正拳。幽靈男的身體彎曲成く字形，背部重重撞上正後方的牆壁。瞬間，某種白色的影子從男子的頸部飄出，轉眼之間消失無蹤。原本飄浮在半空中的委託書，如失去力量般散落在地上，破裂聲也消失了。

「騙人的吧!!??」

萊菈瞪大眼睛。

居然除靈了？而且是用物理的方式？

「妨礙我加班……」

萊菈因各種原因感到混亂，亞莉納則以憎恨的語氣說道。她嘀嘀咕咕著什麼，又端正地坐回原位，再次趴在桌上睡著了。

「……騙、騙人的吧……毆打？咦？真的、揍了幽靈……？」

萊菈跌坐在地上，茫然地聽著亞莉納安穩的呼吸聲好半晌。除靈的方式太過物理，使她逐漸有點不確定剛才那個是不是真的幽靈。

「……亞莉納前輩，妳快起來啦！」

最後，萊菈總算回神，用力搖晃睡回去的亞莉納肩膀。

「嗯啊？」

亞莉納這次總算真的醒了。她呆呆地抬起頭，恍神地看著萊菈。在視線向下移動到手邊文件的瞬間，她有如被閃電擊中般跳了起來。

「糟了，我睡著了！工作還沒做完！」

「現在不是說那種話的時候啦，妳看那個！」

萊菈指著被亞莉納一拳打倒的男人說道。亞莉納跟著看過去，訝異地皺眉。

「誰？」

「可能是幽靈……的人！」

萊菈也不知道自己在說什麼，抱著亞莉納的手臂強迫她起身。

「幽靈？看起來只是普通的人類吧。不對，普通的人應該不會躺在那裡睡覺。」

「總之，我們先去找傑特大人吧。詳細的部分我在路上說給妳聽。」

萊菈用力把亞莉納拉出房間。離去時，她再次瞥了躺在地上的男人一眼。有腳，身體也不透明，看起來就像普通的人類——但是在進入房間時，樣子明顯很異常。

28

「……萊菈，妳這樣我很難走路耶。」

亞莉納走在深夜的宿舍走廊上，皺眉說道。

由於萊菈緊抱著她的腰，所以無法加快走路速度。

「不要不要我絕對不放開前輩嗚嗚嗚。」

雖然亞莉納用力地想把萊菈剝開，可是萊菈拚命抵抗，反而抱得更緊了。

「幽靈已經消失了不是嗎？不用怕了啦。」

被萊菈晃醒的亞莉納已經聽說剛才的事了。看來自己似乎在睡呆了的情況下擊倒了幽靈。怎麼可能有那種事？雖然亞莉納這麼想，可是房間裡的物品確實亂成一團，而且到處都是鹽，還有不認識的男人躺在地上。所以她也只好稍微相信萊菈的話。

「怎麼可能不怕！所以我不是說過了嗎！研習大樓有鬼啊！」

「只是非法入侵者吧？雖然說那也很有問題就是了。」

不過，假如真的是非法入侵者，毫不抵抗地被揍倒也很奇怪。畢竟沒有發動技能時，亞莉納的肌力和一般女孩子是差不多的。

（啊，我該不會不小心發動技能了吧……!?）

亞莉納驚恐地想到這個可能性，可是不敢加以確認。雖然從萊菈的反應看來，應該不用擔心。

「真是的～為什麼前輩在重要時刻睡呆了啊～」

「所、所以現在要去找傑特不是嗎？」

總之亞莉納與萊菈先朝著傑特的房間前進。不論是幽靈或非法入侵，都不能繼續待在那房間裡了。

「這種時候啊，人多比較安全哦。而且要盡量和有用的人才在一起！光是和有用的人才在一起，就算是只會害怕的普通人，也能提高生存率！」

「有用的人才……這算讚美嗎？」

「總之把這件事告訴傑特大人是最好的。」

儘管被亞莉納瞪，萊菈還是豎起了食指。

「假如是迷戀前輩的傑特大人，一定會欣然答應幫我們守夜的。因為他是盾兵，有萬一的時候可以成為我們的盾，而且總覺得傑特大人不太會死……最重要的是他不但又帥又強，而且不會因此驕傲，完全是主角體質，這種角色是不是會被咒殺的！對抗幽靈時，沒有比他更能讓人安心的人了不是嗎？讓我們接受公會最強盾兵的保護吧。」

「萊菈，妳把所有心機的打算全說出來了。」

兩人說著話，來到一樓傑特的房間。

但即使敲門，房間裡也沒有反應。幾分鐘後——

「睡著了嗎……？」

「該、該不會被鬼打倒了……！」

萊菈臉色蒼白，以發抖的聲音說出最壞的可能性。

「他沒弱到會被鬼打倒啦——」

說到一半，亞莉納注意到視野邊緣忽地一閃。她在意地轉頭一看，只見窗外的夜空時有紅光閃爍。

「那邊是訓練場吧？」

萊菈注意到她的視線，也跟著看向窗外。對了，他好像說過今晚要在訓練場練習技能。亞莉納想起傑特的話。

「傑特可能在訓練場吧。」

「咦咦？在半夜做訓練？」

「好遠……懶得走過去。」

「我們快過去吧!!」

儘管亞莉納提不起勁，還是被萊菈拖著強行前往訓練場。

29

「唔……」

發動第二次的複合技能後，傑特跪倒在地上。

訓練場上的技能之光很快就消失，周圍被寂靜與黑暗包圍。雖然姑且有魔法光作為照明，可是在模仿競技場建造的寬敞訓練場上，還是敵不過黑暗的勢力。不過訓練場原本就沒有預設在半夜使用，會這樣也是當然的。

傑特滿身大汗，急促地喘氣。儘管身體表面發燙，骨子裡卻感到陣陣寒意。連這個技能帶來的疲勞感，他也已經習慣了。

複合技能。

同時使用複數的超域技能，換來強力技能效果的做法。依情況，有時甚至能與神域技能抗衡。

傑特學會複合技能後，幾乎每天都會進行修練，好讓身體習慣複合技能帶來的疲勞。

正因為複合技能的效果很強，所以體力消耗量也特別大。為了同時使用複數技能，反而造成重度的技能疲勞，可說是一把雙面刃，就應用在實戰中而言，不安定的要素實在太大。

「再一次……」

傑特想站起來，卻覺得視野天旋地轉。

太過火了嗎？傑特正這麼想，身體已經翻倒在冰冷的地板上了。

滿天星斗似乎全在旋轉，平衡感失去控制，無法起身。儘管躺在地上，卻有種飄在半空中的奇妙感覺。傑特用力閉緊眼睛，阻斷所有的感覺。

想以複合技能來對抗魔神。

百年祭那天，打從見到拋下期待已久的百年祭，與傑特等人一起與魔神戰鬥的亞莉納的那個表情開始，傑特就強烈地產生這個想法。

（……不想讓亞莉納小姐，成為唯一對抗魔神的王牌……）

為此自己必須變得更強。因為她是為了傑特他們而與魔神戰鬥的。

──『傑特，你不會死吧？』

那天，亞莉納輕聲道出的話，一直無法從傑特腦中消失。

在弔念死去冒險者的鎮魂儀式中，亞莉納為名叫許勞德的故人送行。能讓厭惡冒險者的亞莉納如此思念，對亞莉納來說，一定是非常重要的人吧。許勞德的死，肯定對亞莉納帶來非常大的影響。

傑特，你「別」死哦。雖然許勞德死了。

亞莉納的話語，聽在傑特的耳中就像是這樣。不是請求也不是祈求，是一種哀鳴。擁有最強力量的亞莉納唯一恐懼的，就是認識的人死去。

「……！」

傑特握緊拳頭，用力咬牙。所以現在不是躺在這裡的時候，必須強到能讓她安心的程度才行。傑特更加用力地閉緊眼睛，好讓劇烈的暈眩感快點過去──

「欸，你躺在這裡幹嘛？」

一道清脆的聲音，使傑特猛地睜開眼睛。

不知何時不再旋轉的夜空中，一名少女正端詳著自己。比黑夜更深邃的柔順黑髮，如寶石般閃爍著堅定光芒的翡翠色眸子，緊抿的嘴唇。

「亞……亞莉納小姐!?」

傑特不禁叫著跳了起來。

「為什麼妳會在這裡……」

「傑特大人！」

「有鬼！鬼出現了!!」

萊菈從亞莉納身後竄出，臉色蒼白地看著傑特：

「鬼？」

傑特不解地回問，萊菈說明起原委。

30

「這傢伙……不是公會總部的職員嗎？」

傑特跟著亞莉納她們回到研習大樓，重新檢查房間裡的情況。他用手邊的布料把躺在地上的男人五花大綁後，忽然這麼說道。
「職員？可是他沒有穿制服哦。」
「我記得他的臉。他是公會總部工作的事務員。」
「那果然不是鬼，是非法入侵者嘛。」
真會給人找麻煩，亞莉納嘆氣。可是傑特口出驚人之語：
「不……是低級魔物幹的。」
「魔物？」
聽見傑特的分析，亞莉納皺眉。
「被亞莉納小姐揍了一拳後，有白色的影子從這傢伙身上飛出來，然後消失。對吧，萊菈？」
「是、是啊！我絕對絕對沒有看錯！」
「那是魔物消滅時特有的現象。應該是附身在物體或生物上的鬼魂類魔物吧。」
話雖這麼說，傑特仍然愁眉不展。
「鬼魂是低級魔物，就算附身，只要嚇唬一下它們就會逃走，假如被附身的人受到強烈衝擊，鬼魂甚至會被消滅。雖然鬼魂的危險度不高，可是——」
問題不在那裡，傑特雙手抱胸說道。亞莉納也知道他想說什麼，因此皺起了眉。

「問題在於為什麼公會總部裡有魔物。就算這裡本來是迷宮，可是灰色城塞早就被完全攻略了。」

只要討伐完所有樓層的守層頭目（Floor），潛伏在迷宮裡的魔物就會全數離開。這叫作「完全攻略」。被完全攻略後經過十五年的公會總部，不應該有魔物才對。

「沒錯。再說鬼魂類的魔物太弱小了，競爭不過其他魔物，所以基本上就不會出現在迷宮裡。它們平常都是偷偷躲在無人的場所，當然也不會跑來像總部這種人多的地方……」

可是，研習大樓卻出現了鬼魂。這就是讓傑特覺得掛心的地方。

「反正只要知道鬼的真相是魔物，就可以了吧。」

亞莉納無奈地嘆氣，開始收拾散亂一地的文件。雖然萊菈也跟著幫忙，但她仍舊感到很不安。

「可是可是，就算只是鬼魂，魔物入侵總部還是——」

萊菈來到窗邊，想拉好被扯歪的窗簾，又突然看著窗外，停止話語。幾秒後，她如壞掉的機械般僵硬地轉頭，看向亞莉納。

「……前輩，妳有看到嗎？」

「看到啥？」

「為什麼每次都只有強者沒看到重要的東西啦啊啊啊啊妳快看啊啊啊啊啊啊!!」

「就算妳這麼說……外頭有什麼？」

「有有有有黑色的人影……！是、是死神！」

萊菈慘叫。反應最快的是傑特。

「死神……！是黑衣男嗎!?」

傑特來到窗邊，看向萊菈指的方向，明明對象只是幽靈，他卻毫不猶豫地發動了技能。

「發動技能〈百眼獸士〉！」

紅色的技能光芒使萊菈驚訝地後退。傑特藉著以超域技能提高靈敏度的感官，觀察外頭的黑暗。

「……的確。外頭有人在走動。一個人。」

「是、是死神嗎!?」

「不知道。我去看看。」

「咦咦!?」

「亞莉納小姐，請妳幫忙叫醒露露莉和勞。他們睡在這棟一樓的房間。萊菈去叫其他人來偵訊倒在那邊的傢伙。」

一說完，傑特立刻從窗口躍下。

「等等，這裡是二樓哦！」

無視萊菈的驚叫，傑特靈活地踏在石牆的突起之處，穩穩降落在地上。連走樓梯下樓的時間都捨不得花，可見傑特相當在意「死神」。傑特被月光照亮的銀髮浮現在黑暗中，追著「死神」消失了。

「跑、跑走了呢……」

「是啊。」

亞莉納聳肩，走出房間，準備照傑特說的去叫醒露露莉和勞。老實說，她根本不在乎鬧鬼事件，她只想快點把塞來的文件處理完。

「不、不要留下我一個人啦前輩……！」

萊菈再次緊巴著亞莉納不放。

31

傑特以〈百眼獸士〉獲得的情報追蹤「死神」。

「慢著!!」

總算以肉眼辨識到目標了。與黑暗融為一體的漆黑長袍隨風擺動，傑特見到了「死神」的背影。也許是因為長袍很寬鬆，「死神」的體格看起來相當高壯。

（可惡，追不上……！）

對方的步伐快得不可思議。揹著重量級巨大盾牌的傑特沒辦法再提高速度，可是他不想被對方逃走。

對傑特來說，眼前疾奔的人是不是傳說中的死神，或者是不該存在於這個世界上的存在，全都不重要。他在意的只有一點——這名身穿漆黑長袍的男人，是不是黑衣男。

安排海茨入侵地下書庫並帶著同伴逃獄內應——明顯是只有在公會裡有一定權力的人，才做得到的事。也就是說，公會與黑衣男之間肯定有某種關聯。既然如此，過去在總部被目擊過許多次、穿著漆黑長袍的「死神」，說不定就是黑衣男。

（會被溜掉的……！）

步伐快到異常的「死神」不顧傑特的想法，逐漸與他拉開距離，最後消失在黑暗之中。

「……可惡。」

傑特暫且停下腳步。雖然速度比不上對方，可是他的〈百眼獸士〉還是能捕捉到「死神」的氣息。傑特集中所有的感官能力，專心追蹤「死神」的所在之處。

「……！糟了——！」

傑特猛然察覺到某件事，再次拔腿狂奔。

「死神」正準備繞回亞莉納等人所在的研習大樓。

32

「呼姆……死神、嗎……？」

露露莉走出房間，揉著惺忪的眼睛，聽萊菈說明原委。見她這樣，亞莉納也跟著打了個呵欠。

露露莉穿著偏大的鬆垮睡衣，手中抱著與身高差不多的抱枕，看起來還沒睡醒。露露莉的房間在傑特隔壁，所以勞的房間應該也在附近吧。其實《白銀之劍》在伊富爾有專用宿舍，不需要住在研習大樓裡，可是他們配合傑特一起在這裡過夜，表示《白銀之劍》已經做好對付「死神」的打算了吧。

為什麼他們會這麼警戒「死神」呢？亞莉納疑惑，但又立刻覺得怎樣都好。

（唉……委託書還沒處理完，而且好想睡，好想快點回房間……）

亞莉納正感到厭煩時，忽然注意到黑暗深處有什麼動了起來。

「？」

保險起見，亞莉納以不夠亮的油燈照射黑暗，但什麼都沒看到。

可是，隱約聽得到噠噠噠的輕快腳步聲，往走廊深處急奔而去。

「？勞？」

亞莉納發問。由於還沒清醒的露露莉正努力地聽著萊菈那不得要領的說明，所以亞莉納認為那腳步聲屬於勞的。畢竟他總是穿得一身黑，在黑暗中看不清楚身影也很正常。

「等一下……」

亞莉納朝著腳步聲的方向前進。從傑特等人過夜的寢室向前走，是研習大樓的玄關大廳。這裡是設置了品味很差怪物雕像的挑高大廳。亞莉納以油燈照射周圍，張望了一下，可是沒見到勞。她正想轉身回去時——

「亞莉納小姐？」

她聽到的不是勞的聲音，而是傑特。

傑特衝進了玄關大廳。也許是一路跑回來的，只見他氣喘吁吁，滿頭大汗。

「什麼啊，傑特，你回來了啊。我們才剛叫露露莉起來——」

「『死神』有沒有進來這裡？」

「咦？我沒看、到——」

亞莉納說到一半住了口。因為她的視野邊緣，忽然映入一道黑色的事物。

不知何時，穿著黑袍的「死神」就安靜地佇立在怪物雕像旁。

「……！」

傑特瞪大眼睛，僵了一下後，急忙把亞莉納拉到自己身後。剛才明明沒有看到任何人。直到這時，亞莉納終於開始覺得發毛。「死神」安靜地轉頭，看向傑特。

自長袍底下的漆黑，靜默地射向傑特的視線。「死神」沒有攜帶武器或護具，只是沉默地站著而已，傑特卻覺得心臟像是被揪住似地緊張不已。

「……你是誰？」

傑特承受著「死神」那不知名的壓迫感，厲聲發問。但「死神」並不回話，而是安靜地把手放在怪物雕像上。

接著，他小聲地說道：

「──我是，『黑衣男』。」

沒有抑揚頓挫的聲音響起的瞬間，玄關大廳的石地板亮起了刺眼的光芒。倏地迸裂而出的，是巨大的魔法陣。

「糟──」

聽見傑特短促驚叫聲的瞬間，奇妙的飄浮感襲來。

大廳的地板消失了。

「！」

傑特與亞莉納毫無抵抗之力，就那樣落入了地底。

33

「好痛……」

亞莉納摩娑著腰，撐起上半身。

「這是哪裡……？」

亞莉納看著周圍，發現自己正置身在一條陰暗又古老的石造通道上。

通道很寬，天花板很高，沒有岔路。亞莉納的喃喃聲被吸入四周的黑暗之中。空氣冰冷潮溼，就像在迷宮裡似的……想到這裡，身下突然傳來呻吟聲。

「唔……亞莉納小姐，妳沒事吧……？」

「嗚哇!?」

亞莉納不由得驚叫一聲，跳起後退。這時她才終於發現自己把傑特當成了坐墊。

「咦？抱歉，是說，你才是沒事吧？」

他應該是以自己的身體，從落下的衝擊中護住了亞莉納。該不會因為被我壓成重傷了吧……亞莉納有點擔心地戳著仰躺在地上的傑特腰部，幸好傑特緩緩坐了起來。

亞莉納鬆了一口氣，傑特則微微搖了搖頭，看似懊惱地喃喃道。

「唔……！應該繼續維持那樣，多當一陣子亞莉納小姐的坐墊的……！」

「一輩子躺著吧。」

「開玩笑的。」

亞莉納握拳，恐嚇完一臉打從心底感到後悔的傑特後，站起身來看向上方。

「雖然我們是掉下來的……可是洞口似乎已經封住了呢。」

天花板被深邃的黑暗覆蓋，看不清模樣。儘管今晚的月色很明亮，這裡卻沒有一絲月光。

「這是典型的陷阱。沒想到那詭異的雕像是陷阱的啟動裝置……太大意了。」

「不是什麼大意的吧，雖然這裡本來是迷宮，但公會總部還存在著陷阱反而有問題……設施的安全管理是怎麼搞的？」

殘存著陷阱的，是作為研習大樓使用的建築物。假如時間不對，說不定會有數十名櫃檯小姐一起掉下去。

「作為保全所以故意留下陷阱……雖然不是不可能……還是說，到目前為止都沒人發現那個陷阱呢？這樣應該比較合理……？」

「可是那個『死神』完全是故意啟動陷阱的哦。」

「……黑衣男……」

傑特沉默了數秒，但是很快地搖頭道：

「就算現在想破頭也想不出來。比起那個，應該先思考怎麼離開這裡才對。」

有道理。亞莉納再次環視兩人掉落下來的場所。

「這裡……是地下吧？我第一次知道公會總部有地下樓層。」

「我也是。公會總部——不對，就連還是灰色城塞時，也從來沒聽說過有地下樓層。」

「那這裡是什麼？」

「……這裡確實是地下樓層。可是到現在為止，都沒有人提過這個地方的事，表示……」

傑特停了一下，將手指抵在下巴。

「……這裡說不定是灰色城塞的隱藏樓層。」

「隱……隱藏樓層!?」

傑特說出的話，使亞莉納錯愕不已。

迷宮的樓層基本上是以樓梯相連，不過偶爾會有把出入口巧妙地隱藏起來的地下樓層。地下樓層的乙太濃度通常比地上更高，因此聚集而來的魔物也更強，攻略難度也會大幅上升。

但問題不在那裡。

「等一下。『到現在為止都沒有人發現的隱藏樓層』，也就是說這個樓層還沒被攻略過？也就是說會成為新的攻略對象!?」

「……是啊。灰色城塞的完全攻略會暫時被撤回，被當成還沒攻略的迷宮對待吧。」

「不、不不不不，可以不要說這麼不好笑的笑話嗎？」

亞莉納誇張地聳肩，逞強地勾起嘴角。

「你看，世界上已經有那麼多其他新的迷宮了哦？有必要浪費時間管這個很久以前不小心忘記攻略完的老迷宮嗎？」

「……」

傑特露出沉痛的表情，無言地別過頭。

「等一下……不要露出那種表情……！這、這裡八成是公會緊急逃離用的密道吧？就是情況危急時，大人物偷偷離開用的那種逃脫路線之類的！」

「我知道公會的緊急逃脫路線，不是密道，是傳送裝置哦。」

「……」

「亞莉納小姐，如果加班很痛苦，我都會幫妳的。」

「所以說為什麼每次每次都會變成這樣啦……！」

亞莉納哀號著跪倒在地上。

「研習結束後，等著我的是新迷宮和不小心沒攻略完的地下迷宮的雙重地獄……!?不要不要不要不要我不想回去，我不想回去……！」

亞莉納用力壓下聲音中的顫抖，抱著膝蓋啜泣。

「以為能消除加班的希望被重度工作狂粉碎了，研習時被逼著加班，還要被幽靈打擾，然後又一天內出現兩個新迷宮……我不想努力了。」

亞莉納正在崩潰時，傑特忽然說出驚人之語。

「不對。說不定這裡已經被攻略完了。」

「咦？」

「因為這裡幾乎沒有乙太的氣味。如果是地下樓層，應該會更濃才對。」

「……也就是說，已經有人打倒守層頭目了？」

「有可能。但如果真的是那樣，也還是有不解之謎。」

傑特表情嚴肅地皺眉思索。

「如果真的有人打倒了樓層頭目，那個人為什麼都不把地下樓層的事告訴其他人呢……？」

傑特正疑惑時——喀，石造的通道上傳來輕微的腳步聲。

「！」

亞莉納緊繃起身子。傑特立刻對她使眼色，豎起食指放在嘴邊。似乎不只一道腳步聲朝這邊走近。

「……腳步聲是兩個人的……」

傑特壓低聲音傳達情況。還有其他掉進這隱藏樓層的人嗎？或者是哥布林之類以雙腳行走的魔物呢？

腳步聲從通道的另一頭緩緩接近。傑特舉起大盾，無聲地拔劍。隨著氣息愈來愈近，一道飄忽搖曳的光芒也出現了。是魔法光。橙色的魔法之光直直地朝這邊接近——

「啊，果然是隊長。」

熟悉的聲音響起，亞莉納反射性地眨了眨眼睛。從黑暗另一頭出現的，是在魔杖前端製造魔法光，身穿黑色長袍的紅髮青年——黑魔導士勞。

「傑特！亞莉納小姐！你們沒事吧？」

穿著白魔導士裝備的露露莉從勞身後探頭。傑特一臉驚訝，似乎沒有想過會遇到他們。

「難道你們也中了陷阱嗎？」

「差不多是這樣——應該說是被『死神』騙進來的比較正確啦。」

勞疲倦似地弓著身體說道：

「因為那個櫃檯小姐嚷嚷著什麼死神啊，隊長和亞莉納妹妹不見了啊之類的，所以我就被露露莉叫醒了。我們到處找你們時，碰到了穿著黑色衣服的可疑傢伙。」

「那不是可疑傢伙，是死神！」

「啊——好好，是死神。然後我們追著那死神，就中了典型的陷阱，掉下來了。」

「和我們一樣呢……真是的，每個冒險者都中招……」

「沒辦法啊——誰會想到公會總部裡有陷阱啊——」

「比起那個！都沒有人覺得那個死神很奇妙嗎!?」

所有人中臉色最蒼白的露露莉發問。她從剛才起就一直緊揪著勞的長袍下襬，像個小動物般發抖著。

「那可是會把冒險者帶到死後世界的死死死、死神哦!?」

「如果真的是死神，我希望他能以更無法理解的超自然方式把我們帶走，而不是發動什麼陷阱呢——」

「他一定是堅實派的死神！」

「堅實派的死神是什麼啦……」

露露莉惹人憐愛的眼中浮現淚水，又更加用力揪住長袍，顫聲道：

「這裡……說不定是死後的世界！」

「不，不是哦。而且這樣就可以確定，死神的傳聞本身就是假的了。」

「欸？」

露露莉驚訝地眨眼，傑特苦笑著解釋：

「這裡還是灰色城塞時，不是有冒險者突然消失，再也沒有出現的傳聞嗎？……那些人恐怕只是和我們一樣，中了陷阱，強制性地掉到這個地下樓層了。」

「啊……原來如此。」

「隱藏樓層的魔物等級比地上高，而落單冒險者的生還率比較低，如果是S級迷宮，就更不用說了。所以失蹤的人全都無法生還，屍體當然也沒辦法在地面上被發現。」

「那、那麼，讓我們掉下來的那個人是誰!?」

露露莉仍有些不死心地追問，傑特的表情一下子嚴肅了起來，答道：

「是黑衣男。」

露露莉倒抽一口氣，勞也微微睜大眼睛。從那兩人散發出的緊張感，可以知道「黑衣男」不只是單純的可疑分子。

「我記得黑衣男是上次散布謠言的萬惡根源對吧……而且還知道魔神的存在。」

「是啊。告訴海茨他們魔神的情報、讓他們散布謠言的，就是那傢伙。不只如此，白堊之塔時告訴魯費斯魔神一事的，八成也是他。可以確定那傢伙在幕後操控冒險者，想讓魔神甦醒。」

「……那種傢伙把我們丟到這地下樓層，是想做什麼……？」

亞莉納說著，心中出現不好的預感，蹙起眉頭。

「這裡該不會有魔神吧？」

「不……魔神應該只存在於因祕密任務出現的隱藏迷宮而已。所以這裡應該沒有魔神……可是——」

說到這裡，傑特看了晚到的勞與露露莉一眼，繼續道：

「把勞與露露莉也拉進來，表示黑衣男打算讓我們做什麼。」

原來如此。亞莉納喃喃自語，並在心裡嘆氣。

研習時不用加班，可以準時下課，從麻煩的工作中解脫，只要聽課就好——原本明明是這麼簡單的活動，可是現在，自己似乎又被捲進麻煩事裡了。

（為什麼每次每次都變成這樣……）

亞莉納詛咒著自己的不幸，再次觀察自己落下的場所。

這裡是通道的中段。通道又高又寬，彷彿為巨人設計似的，周圍空無一物，而且沒有岔路。

「總之先想辦法離開這裡吧。勞，你們落下的地點有像是可以出去的地方嗎？」

「沒有。我們來的那頭路被堵死了。」

這麼一來，該前進的方向只有一個。一行人朝著相反的方向前進，保險起見，由發動〈百眼獸士〉的傑特走在最前面。

「果然完全沒有魔物的氣息呢。」

傑特踏在石造的通道上，皺起眉頭。他的〈百眼獸士〉完全感受不到魔物的氣息。

「也幾乎沒有乙太的氣息……這裡果然被攻略過了吧？」

「沒錯。這裡已經攻略完畢了。」

一道低沉的聲音，回答了傑特的話。

不是露露莉，也不是勞，是男人的聲音。

「……！」

亞莉納瞬間倒抽一口氣。那聲音是從亞莉納等人的背後，也就是剛才走來的方向傳來的。

亞莉納連忙停下腳步回頭——

「……什……」

傑特錯愕的聲音，迴蕩在寂靜的通道裡。回過頭的亞莉納等人眼前，一名身穿黑色長袍的男人，正安靜地站在那裡。

34

「黑……黑衣男!?」

如幽靈般無聲出現的存在，使傑特又驚又駭。

黑衣男站著的位置，是傑特等人幾秒前才經過的地方。而且傑特正在發動〈百眼獸士〉。就算躲在黑暗之中，氣息也不可能不被傑特發現。

他看著突然現身的黑衣男，原本毫無脈絡、零散在腦中的各種線索，忽然在腦中拼湊成形。

傑特連忙舉起大盾，但說話聲愈來愈小。

「到底是怎麼……」

傑特想起百年祭時，偵訊與黑衣男有連繫的海茨同夥之一・艾登得來的情報。艾登說，黑衣男是個幽靈般的傢伙，會無聲無息地出現，說完要說的話後，又從眼前消失。

應該是為了強調黑衣男的詭異才誇大其辭的吧，傑特原本沒把那些話放在心上，可是如今想想，確實有個方法能做到那種不可思議的事。

就是──停止時間。

時間被停止的話，直到時間再次動起來為止，停止時間的本人能不被任何人察覺地，隨心所欲地活動。對於被停止時間的人來說，感覺就像瞬間移動似的。

傑特認識一個以這種方式戰鬥，並因此被稱為最強冒險者的男人。

（不對……不對！）

傑特用力咬牙。儘管終於接近使自己煩惱許久的疑問的答案，他卻用力地將其扔開了。

「他」不擺架子的豪爽笑容浮現傑特腦中。過去，在沒有任何人站在自己這邊的公會會議中，唯一相信傑特他們潛力的可靠背影浮現。

他不是會做這種事的男人。

最重要的是，「他」的技能是超域技能，理應無法對擁有神域技能的亞莉納起作用。就算這裡是昏暗的地下通道，亞莉納也不可能沒發現那種異質的存在。

「你到底有什麼目的，黑衣男……！」

傑特硬是按下心中的動搖，大聲詰問：

「報上你的名字！」

拜託了。傑特帶著類似祈求的心情發問。

黑衣男並不說話。只是以拉得很低的帽兜下的幽深視線凝視傑特。傑特感到背脊一陣發涼。那個人沒有敵意，也沒有殺氣，只是保持著詭異的沉默，佇立在那裡。

黑衣男實在太過古怪，可是對傑特來說，那反而是唯一的浮木。

因為，那和傑特腦中的「他」的氛圍相差太多了。

「——名字，嗎？」

漫長的沉默後，黑衣男總算喃喃似地開口。

傑特倒抽一口氣。

以〈百眼獸士〉大幅提高靈敏度的聽覺，接收到的聲音。聽到那低沉，略帶沙啞，但確實相當熟悉的聲音的瞬間——

伴隨傑特心如刀割的痛楚，最後一絲希望，終於斷裂了。

「就算我不報上名字，你們也知道我是誰吧。」

黑衣男說著，緩緩拉開了帽兜。

帽兜下的是一張壯年男子的臉。曬得黝黑的肌膚，因年紀而產生的皺紋，理得很短的頭髮，粗獷的容貌，與銳利的眼神。

「——……會……會…………長……？」

是誰如此說出口的呢？

站在眾人眼前的，毫無疑問，是冒險者公會之長，葛倫·加利亞。

35

「……騙、騙人，的吧？」

亞莉納忍不住啞著嗓子說道。

「別開玩笑了。這一點也不好笑哦……」

「小姑娘。」

他的聲音很平靜。小姑娘。葛倫總是如此稱呼亞莉納。

可是，在這種情況下神色自若，不做任何辯解，直截了當地擺明黑衣人就是自己的態度，反而給人非常怪異的感覺。

彷彿已經做好所有覺悟似的。

「一直以來，真是對不起妳啊，不過這是最後了。就麻煩妳啦。」

「所以說，不要開那種玩笑……！」

亞莉納憤怒地想上前，卻被人從旁伸手擋住。是傑特的手。

傑特筆直凝視著葛倫，銀灰色的眼眸中搖曳著複雜的感情。從那側臉，看不出傑特心中有什麼想法。

「……你果然就是黑衣男呢，會長……」

傑特苦澀地說著。呵，葛倫有些寂寥地笑了起來。

「果然被你看穿了啊。白天時，你在白銀雕像前想問的，就是這件事吧？」

「……是的。」

「那時我下意識用女兒的話題帶過了。對不起啊。雖然我這個樣子，可是繼續對你們說謊，我也很痛苦呢。而且這樣一來我就安心了。你真的是溫柔的傢伙呢，哈哈！」

葛倫發出一如往常到不自然的爽朗笑聲。

可是笑聲結束後，他的表情一下子嚴厲了起來。

「——不過，太容易心軟了。」

「……！」

「在有一丁點的疑問時，就該直接找我問個清楚了。或者徹底調查我身邊的事。就算我是你們深信不疑的『公會會長』也一樣。你有過於樂觀的毛病。黑衣男有多危險，你明明是最清楚的人。」

傑特無法反駁。葛倫以陰沉的表情低語：

「你那種姑息的判斷，總有一天絕對會害死同伴的。絕對。」

「……」

漫長的沉默後，傑特努力地擠出聲音：

「……說明……」

說到這裡，他用力咬住嘴唇，痛苦地厲聲叫道：

「說明清楚!!把到現在為止所有的事……！全都給我們說明清楚！」

他的拳頭劇烈地顫抖不已。

亞莉納第一次聽到，傑特那種有如要慟哭出聲的吶喊。

「其實我也知道，在懷疑你的那個時間點，沒辦法採取應該採取的行動，是我太軟弱了……可是，我想相信你……」

「……」

「因為……你直到最後都相信著我們白銀……！難道那也是騙人的嗎？你只把我們當成魯費斯或海茨那樣的棋子，是為了利用我們，才在我們身上費心的嗎？到底是怎麼樣……！」

傑特悲痛的吶喊，冰冷地迴蕩在石造通道中。

他恐怕從很久之前，就在懷疑葛倫是黑衣男了。而且一定早就做好最壞的打算了。儘管如此，當真相展現在眼前時，傑特還是無法控制自己的感情。

「……」

葛倫再次沉默下來。射向傑特的銳利眼神，有那麼一瞬變得無比溫柔。緊接著，葛倫的身影消失。

「！到哪去了——!?」

「過來吧。有東西讓你們看看。」

說話聲從背後傳來。傑特回頭時，葛倫已經朝通道深處走去了。

「等一下！」

傑特反射性地想追上黑衣的男子，可是前進了幾步之後，又停下腳步。

他平常不是會輕易失去冷靜、感情用事、不顧前後地衝動追上的愚蠢之徒。可是葛倫展現的真實，使他的心極為簡單地動搖了。

無視傑特一行人的叫喊與動搖，葛倫只是沉默地前進。

「……可惡!!」

傑特粗魯的罵聲，空虛地沒入黑暗之中。

通道再次被沉重的寂靜覆蓋。

亞莉納，不，在場所有人都只能呆立原地，不知該如何是好。他們或許都需要時間，才能理解眼前的現實。

亞莉納再次看向通道深處時，葛倫的背影已經消失在黑暗彼方了。

「……真的……和隊長說的一樣……」

勞小聲地打破沉默。

總是以輕佻語氣說話的他，聲音罕見的低沉。

「那老頭到底在想什麼啊——」

不帶感情的平淡聲音，反而令人感受到無法壓抑的激動。

「騙、騙人……」

露露莉低著頭，握著魔杖的手指因為過於用力而泛白。雖然看不見她的表情，可她努力編織話語的聲音顫抖不已。

「我不相信……這其中一定有什麼誤會……！一定……對吧，傑特!?」

露露莉眼中噙著淚水，向垂著頭的傑特尋求同意。可是傑特把目光從她臉上移開，微微張嘴：

「沒有任何誤會。妳也看到了。」

「可是——」

「不論再怎麼不願意承認，這就是事實啊……！」

傑特猛地喊道，使露露莉無法再說下去。

「怎麼會……」

亞莉納什麼都說不出口，站在原地。

她想不到能對他們說些什麼。

比起亞莉納，這些人與葛倫的關係深刻太多了。驚愕、被背叛的悲傷與憤怒，深深地傷了他們的心。在這種情況下，難道能安慰他們這是惡夢，為他們點燃愚蠢的希望嗎？

「……傑特，你本來就知道會長是黑衣男了嗎？」

到頭來，亞莉納只能如此發問。傑特思考該如何回答似地沉默下來，最後沉重地開口：

「百年祭時，海茨得到正式許可進入地牢，不只那樣，甚至還進入了地下書庫。有權限那麼做的，只有公會會長葛倫而已……」

「……這樣啊。」

這麼說來，從百年祭起，傑特就一直把這最壞的可能性藏在心裡了。懷抱著對同伴產生懷疑的厭惡感，孤獨地奮戰到現在。從平時的他身上完全感受不到那種跡象，不知為何，這讓亞莉納感到很懊惱。

「──接下來該怎麼做？隊長。」

勞瞥了一眼葛倫消失的道路盡頭，低聲發問。

「就算在這裡想東想西，也沒有用吧？」

勞把決定權交給傑特。傑特也瞪向黑暗的通道那頭。在如此安靜的地下樓層中，探索葛倫的氣息並不難。他就在這通道的另一端。

「……雖然有可能是陷阱……」

陷阱，連使用這個詞彙，都使傑特厭惡地皺眉。畢竟對方是昨天，不對，幾個小時前才親近地說過話的人。這也是當然的。

「……走吧。」

沒有其他選擇，傑特的眼神如此說道。亞莉納的意見與傑特相同。必須親自確認，葛倫為什麼要做出這些事才行。

36

一行人在昏暗的通道前進。路上沒有岔路，最後來到一扇微開的鐵門前。進入鐵門後，是一個什麼都沒有的廣大石造空間。

「頭目的房間……？」

亞莉納訝異地自語，勞稍微調亮魔杖上的魔法光，傑特停下腳步，以〈百眼獸士〉迅速地探查四周。

房間內沒有任何裝飾，有如巨大的方型牢籠，但放眼望去有許多損傷。石壁崩落，石地板被掀起，露出泥土地面，似乎曾經發生過激戰。

「——這裡曾經是頭目的房間。」

一道聲音回應亞莉納的話。

是葛倫。

他站在房間中央，在燭臺微弱光線的映照下，背對眾人說話。

「也是前前代的白銀……我的同伴們戰死的場所。」

說到這裡，葛倫緩緩轉身。

他腳下的地面，是房間中損壞得最嚴重的區域。也許是當時戰鬥的中心地點，只見石地板大範圍地碎裂，周圍被燒成焦黑，碎裂的石塊甚至有一部分有燒熔的痕跡。儘管泥土地面外露，可是寸草不生，成為不毛之地。

而葛倫的身後，有一座小墳墓。

說是墳墓，未免太過粗糙。

在裸露的泥土地面上微微隆起的土堆，僅在前方像是墓碑般插著三把老舊的武器。有只剩半截的劍，以及寶石碎裂的魔杖。補師的魔杖熔化變形，已經看不出原本的樣子了。每把武器都破敗焦黑，可以明白這個房間內曾發生過多麼激烈的戰鬥。

就憑弔過往的英雄來說，是過於寂寞的光景。

「讓你們在這簡陋的地方待太久了。」

哈哈，葛倫乾笑起來。

「放心吧。這裡已經沒有頭目了。因為被我們打倒了。這地下樓層已經被攻略完畢了。」

「……這是怎麼回事？」

傑特皺眉發問。他仍然無法相信眼前的人是葛倫。但是同時，又感受得到只有身經百戰的冒險者，才能發出的魄力。

「白銀應該是戰死在最上層才對……白銀曾經到過這個地下樓層嗎？」

「不必這麼急，傑特。我本來就打算等時機到來時，把一切全部告訴你們。」

「……」

「白銀戰死在最上層，是我撒的謊。我們攻略完灰色城塞的所有地上樓層後，發現了這隱藏樓層——然後，戰死在這裡。」

房間內寂靜無聲。

名滿天下的《白銀之劍》，居然殞命在這個無人知曉的場所，實在令人難以置信。

「剩最後一擊就能打倒守層頭目時……就只是一瞬間發生的事。一瞬間，所有人全部變成黑炭。還沒感受到痛苦就死了，算是不幸中的大幸吧。」

「……『同歸於盡』嗎？」

傑特不由得垂下眼簾。魔物的「同歸於盡」。明白自己將死的魔物，以生命使出最大火力的攻擊，拉著敵人一起陪葬。有強大力量，又有一定智慧的頭目級魔物，偶爾會出現那樣的行動。

「只有我運氣好沒被捲入，倖存了下來——然後，我知道了某件事。」

「某件事？」

「使人復活的方法。」

「復活……!?」

葛倫的眼中燃起幽暗的光芒。窺視到葛倫寒冷如冰的覺悟，傑特倒抽一口氣。葛倫無視傑特的疑問，以淡然的語氣說下去：

「從灰色城塞回來的我，隱瞞了地下樓層的事，把迷宮作為公會總部使用。之所以這麼做，全是為了保護這裡。為了盡可能地讓地下樓層保持當時的原狀。」

「保持……原狀……？」

亞莉納不解地皺眉，葛倫笑了起來。

「知道嗎，小姑娘，如果妳想倒轉時間，有顯著變化的場所，需要更多力量才能倒轉哦。」

葛倫突然談起無關的「時間」問題。

「例如城市、有人居住的房子……經常出現變化的場所的『時間』，會累積更多的資訊。反過來說，空無一物的荒野、草原、廢墟……這樣的場所，累積的資訊量少，倒轉時間時花的力氣也少，所以能倒轉到更久之前。」

「……你想倒轉這個房間的時間嗎？」

傑特察覺葛倫的意圖了。

不告訴任何人地下樓層的事，是為了將現場完整保存下來。故意把灰色城塞作為公會總部使用，是為了封住通往地下的入口，以免有人闖入其中，破壞現場。之所以這麼做，全是為了把這個地下樓層的「時間」倒轉回更久之前的過去。

「你很敏銳。說中了。」

「可是以你的力量，就算倒轉時間也只能旁觀才對。那麼做有什麼意義——」

「的確，如果是超域技能，旁觀已經是極限了。但超越那個領域『改變』過去，絕不是不可能的事。而改變過去，正是使人復活的唯一方法。」

葛倫低聲斷言。

「很簡單。把這房間的時間倒轉到他們死亡之前，重新來過就行了。只要有魔神核的力量，就有可能做到。」

「魔神核……」

「為了喚醒魔神，從魔神身上取得魔神核，我成為了管理所有任務與迷宮的冒險者公會會長。想找出隱藏在祕密任務中的魔神的話，沒有比這更適合的位子了，不是嗎？」

「……」

「但別說魔神核了，十多年來，就連祕密任務，不對，就連力量強大到足以與魔神戰鬥的冒險者都沒有找到。所以——小姑娘，在發現妳時，我第一次感謝神哦。」

葛倫把目光移到亞莉納身上，也許是想起當時的事情，他微微地笑了。

「第一次和小姑娘戰鬥時，我的超域技能〈時間觀測者〉被妳破解了。雖然絕對不能洩露魔神的事，但我還是忍不住脫口而出呢……這女孩的話，應該能超越魔神吧。如果是這女孩，一定能與魔神勢均力敵吧，我如此確信。」

就在這時，傑特驚覺一件事。

「第一次與亞莉納小姐戰鬥時……那麼從一開始，你就是為了利用亞莉納小姐，才接近她的嗎……？」

發問的同時，傑特首次感覺到某種又黑又黏膩的什麼，纏繞在自己胸口。

那令人不悅的什麼使傑特的心大為動搖，頭腦霎時間冷得像結冰一樣，思緒混亂。

「從一開始，你就打算讓亞莉納小姐和魔神戰鬥了嗎？」

傑特顫聲發問。聲音中帶著激昂與明確的怒意。儘管感受到傑特的憤怒，葛倫的表情仍然不變。

「……等等，傑特？」

也許是察覺傑特的樣子不對勁，亞莉納略帶不安地喚著他的名字。可是傑特的腦中一片空白，就連亞莉納的聲音，也無法傳入耳中。

見狀，葛倫以平淡的表情繼續說道：

「沒錯。而且不只小姑娘。即使是惡人，為了達成目的，我連人命都不惜利用……特別是魯費斯和海茨那種『就算死了也不會引起騷動』的傢伙。那些傢伙都想得到神域技能，很容易利用呢。」

「我要問的不是那種事情！」

葛倫的回答讓傑特煩躁起來。

白堊之塔時、百年祭時，亞莉納都不得不與魔神戰鬥。因為被逼到不得不戰鬥的狀況裡。拋棄了期待已久的事、想保密的事，甚至拋棄了她最為期盼的安穩日子，挺身戰鬥。

亞莉納在百年祭中的笑容閃過傑特腦中。她一直為了自己理想中的平穩生活而努力。儘管總是抱怨、咒罵加班，仍然比誰都認真地努力著。傑特是最清楚這件事的人。

所以傑特也非常明白，對亞莉納來說，要放棄那些事物，是多麼痛苦的決定。

然而這一切，全是葛倫暗中策畫的。

「……不過有個失算的地方呢。好不容易找到的『強者』居然是櫃檯小姐。如果是冒險者，操縱起來就簡單多了。果然不出我所料，得花很大的力氣，才能把小姑娘拖出來與魔神戰鬥。」

無視傑特的怒氣，葛倫繼續說下去：

「所以，我才會安排讓你與魔神戰鬥，傑特。小姑娘心腸很好，不會對要被魔神殺死的你見死不救，她會因為同情你而戰鬥——」

「開什麼玩笑!!」

聽到這裡的瞬間，傑特的腦中終於被憤怒所充斥。他不加思索地撲向葛倫，抓住對方的領口，朝臉部使出全身的力氣，將其一拳擊飛。

「喂、喂！隊長！」

勞連忙上前阻止，但傑特怒氣不減，再次揪起不還手地默默挨打的葛倫領子，咬牙切齒地道：

「你、你……！你根本不知道亞莉納小姐是以什麼想法戰鬥的……！」

傑特完全忘了對方是試圖喚醒魔神的危險人物。只是任憑感情驅使，握緊拳頭。

「居然說『同情』!?你再說一次看看！」

亞莉納之所以與魔神戰鬥，並非因為同情傑特等人，不願見死不救。雖然多少也有那種成分在內，但亞莉納之所以那麼做，是因為有悲傷的過去。

——傑特，你不會死吧？

那時亞莉納朝傑特悄聲說出的話語。亞莉納最害怕認識的人死亡。因為她不想再次嘗到失去重要之人的那種痛苦了。

葛倫卻利用了亞莉納的痛苦。

「嗯，無所謂，你要怎麼痛罵我都行。反正我早就捨棄作為人的心了。」

「你說什麼——！」

葛倫毫不在乎地說著，那反應更加惹怒傑特。他高舉拳頭，可是被人從後面捉住了手。

「已經夠了。傑特。」

是亞莉納。被她翡翠般的瞳眸凝視，傑特總算回神，激動的感情也逐漸平靜下來。亞莉納就這樣拉走傑特，與葛倫保持一定距離。

「該發飆的是我才對。」

「……對不起……」

傑特垂頭喪氣地道歉，總算恢復冷靜。

亞莉納代替傑特瞪著葛倫，以平淡的語氣開口：

「也就是說，至今為止我之所以被捲入這些事裡，全都是因為你的計畫？」

「……就是這樣。我是覺得很慚愧，因為發現祕密任務和打倒魔神、取得魔神核的，全都是小姑娘，我這輩子都對妳抬不起頭。」

「如果真的那麼想，就別再做這種找人麻煩的事如何？」

「抱歉……那可不行。」

葛倫再次看向小土墳。

「不管犧牲多少人，我也一定要成功。」

傑特以恢復冷靜的頭腦思考起來。

葛倫該不會是故意用那些話激怒自己吧？不對，事實上不只傑特，他也想激怒亞莉納。故意選擇冷漠傷人的說法，表示葛倫已經做好覺悟了。

與傑特等人戰鬥的覺悟。

「……葛倫，既然你的目的是魔神核，為什麼沒有在最開始得到席巴的魔神核時就住手？」

傑特發問。

「為什麼要繼續讓魔神復活？」

假如葛倫的目標是魔神核，那麼在打倒席巴時，就已經達成目標了。可是葛倫再次化身為黑衣男，與海茨接觸，煽動冒險者尋找祕密任務。這件事令傑特很在意。

「……」

葛倫驀地沉默下來，目光逃到虛空。幾秒後才小聲回答。

「因為那位大人不允許我使用魔神核。」

「……那位大人？」

這意料之外的回答令傑特蹙眉。葛倫毫不在意地繼續說道：

「告訴我魔神的存在——以及讓人類復活方法的人。那位大人使陷入絕望的我得到活下去的意義。我之所以活到今天，就是為了回到過去，讓一切重新開始……」

葛倫的聲音中帶著寂寞。被同伴們留下，獨自活到今天的男人，將手愛憐地放在代替墓碑的武器上。

「我能接受白銀同伴的死。因為他們是就算以生命換取勝利，也會在天國舉杯慶祝的傢伙。挑戰當時最困難的迷宮灰色城塞，因此死亡，也算他們的心願吧……可是，只有我女兒，只有琳的死，我無法接受——！」

葛倫從牙縫間擠出話語。

「利用魔神的力量，使女兒復活。這就是我——黑衣男的目的。」

「……」

凝視葛倫眼中安靜地燃燒著的火焰，傑特什麼也說不出來。從火焰深處窺見的，是他非比尋常的執念。

當時的白銀戰死，是十五年前的事。從那天起到今天為止，葛倫完美地扮演不擺架子、充滿親和力的公會會長。把失去愛女的悲痛深深藏在心裡，封閉隱藏樓層，把為自己帶來痛苦回憶的灰色城塞作為公會總部使用。同時，又以黑衣男的身分把人命作為道具使用，進行冷酷的計畫。這一切，全是為了這一天而做的——為了讓女兒復活。

這樣的行為，只能稱為執念，是扼殺感情的異常行動。不，應該說是藉著如此扭曲的願望，來保持精神的安定吧。

思緒混亂無比的傑特，忽然想起祕書菲莉沒說完的話。

如果是為了女兒，他說不定會成為愚蠢之徒——

雖然不知道菲莉猜到葛倫的計畫到什麼程度，但她確實察覺了葛倫的異常。

——她是我最自豪的女兒。

白天時，在白銀雕像前笑著說的話，以及第一次見到那不是冒險者，也不是公會會長的笑容。那是葛倫發自內心的笑容嗎？或者說，就連那笑容都是為了達成目的而演出來的呢——

「……就算是那樣，得到魔神核又能如何……？」儘管快要被葛倫強大的意志力壓倒，傑特還是拚命發問：「那只是先人所創造的魔神心臟而已！」

「傑特，你弄錯了一件事。魔神的心臟不是魔神核——是藉著把魔神核鑲入體內，讓人類化為魔神。」

說到這裡，葛倫忽地掀開長袍，露出千錘百鍊的冒險者的手臂。手臂上數不清的的疤痕，象徵著各種驚險萬分的戰鬥。

他的左手手背上，鑲著一顆與人類肉體很不相襯的黑色石頭。反射著鈍色光芒的石頭上，有一道深刻傷痕。但石頭彷彿在說沒有問題似地，時不時地發出白色閃光，散發相當異樣的存

在感。

在場所有人，全都僵住了。

「魔……魔神核……」

如此呢喃的聲音稍縱而逝。

為什麼魔神核會出現在這裡？為什麼會鑲在葛倫的左手上？傑特的大腦極度混亂，無法接受眼前的光景。

賦予魔神力量的魔神核。

內藏數量驚人的神域技能，以人類的靈魂驅動。魔神吃下多少人類，就能使用多少神域技能——完全超出現代常識範疇的物品。

「讓人類化為魔神」。

對傑特來說，葛倫的話有如晴天霹靂。

先前戰鬥過的那些殘忍魔神。擁有難纏肉體的他們，是與人類極為相似的，「活著的遺物」。正因如此，討伐起來才會非常困難。

可是，沒想到……沒想到——

「魔神是……人類……!?」

「沒錯。你們交戰過的那些，是捨棄人類的身分，埋入魔神核的『前人類』。就像現在的我一樣……！」

葛倫用力握住左手手腕，緩緩呼氣，眼中亮起堅定的決心。

「失去同伴與女兒後，我從某位人士那邊得知魔神核的事。那是以自己的靈魂換取莫大力量以成為神的，黑暗遺物……！」

葛倫愈說愈用力，聽起來就像怒火中燒似的。

「我自己也有十幾年沒來這裡了。當年堆起這簡陋的小墳時，我就下定決心了。下次再來這裡『掃墓』時，就是達成目的的時刻。我要取回女兒，取回琳。不論要犧牲多少人——」

「死人是無法復活的！」

聽不下去似地打斷葛倫話語的，是亞莉納。

「那麼簡單的事，你其實也懂的，不是嗎？」

「……亞莉納小姐。」

亞莉納翠綠色的眸子直視著葛倫。她的聲音很安靜，感受不到憤怒或其他情緒，令傑特感到胸口像是被揪緊般。

過去，亞莉納曾經失去過名為許勞德的冒險者。在場者中，亞莉納恐怕是最能理解為了讓死去的愛女復活、寧願捨棄人類身分，成為魔神的葛倫心情之人。

總覺得亞莉納的聲音，聽起來有幾分苦澀。

「……有些話，我非告訴她不可。」

葛倫如此回答亞莉納的問題，但他並未看著亞莉納。他凝視美好過去似地看著遠方，溫柔地瞇細眼睛。

「當年的我，是器量狹小的男人。出於無聊的自尊心，該說的話都沒有說出來。我只是想把那些話告訴她而已……」

葛倫垂頭，無力地說著，將往事告訴眾人。

37

被恩師【劍聖】爵儂半是強迫地塞了一個養女，已經七年了。

「爸爸——！琳不是說過不要老是擺出凶惡的表情嗎？」

就算原本乖順的琳，成長到十五歲時，也開始會這樣碎碎唸了。應該說她是天生就是陽光開朗的個性，也是葛倫最受不了的類型。

「說過多少次不要叫我爸爸，聽不懂嗎？」

「這裡是家裡，其他人聽不到啦～」

少女吐舌說著歪理，葛倫毫不留情地朝頭頂一拳敲下去。

「好痛!?居然打女孩子的頭！」

「不要說無聊話，給我好好聽著。我這次的任務是大型迷宮，兩週之內應該回不來。假如兩週後我還是沒有回來，妳就把收在抽屜深處的錢拿來用，並且去找師父──」

「真是的，不要每次去迷宮時都交代遺言啦。只要爸爸能平安回來，琳就滿足了。」

「妳滿不滿足不重要，我是為了我的修行。還有，我不在時妳也要好好練習哦。想成為獨當一面的冒險者，必須每天努力不懈地鍛鍊才行。妳還是快點自力更生，靠自己養活自己吧。」

「嗯嗯琳知道了。琳將來也要加入白銀，養活爸爸。」

「就說──」

「因為琳最愛爸爸了！」

葛倫正因琳把自己說的話當耳邊風而不耐煩，又因最後一句話而忘了不耐煩。

「妳說什麼？」

「冒險者是隨時有可能死亡的職業，爸爸不是這麼說的嗎？所以琳在想，能說出我愛你的時候，就一定要說出來。」

「……不要開大人玩笑。」

「琳只是在對最愛的人說我愛你而已哦！爸爸你呢？你也最愛琳了對不對？」

不知到底是誰教她這麼說的，琳如陽光般燦爛地笑著發問。愛，那種噁心得讓人牙癢的話，就葛倫記憶所及，自己從來沒有說過。葛倫不高興地皺眉，推開琳。

「為什麼妳不討厭我？」

他忍不住這麼發問。

出乎意料的問題，使琳瞪大眼睛，眨個不停。那對葛倫沒有絲毫懷疑的模樣，反而刺激了葛倫的神經，使他幼稚地對十五歲的孩子說出不該說的話。

「每個認識我的人，全都因為受不了我而離開了。我本來以為妳一定也和他們一樣。可是過了七年，妳還是在這裡。知道嗎？我之所以收養妳，是因為師父以修行的名義硬把妳塞給我，不是因為我關心妳，也不是因為我同情妳的處境。可是為什麼？到底要到何時妳才會討厭我，離開這個房子呢？」

葛倫毫不容情地以冰冷的話語質問琳。琳沉默下來，但別說悲傷了，她甚至溫柔地笑了起來，說道：

「因為琳知道真正可怕的人，是什麼樣子。」

「什麼？」

「在路上討生活時，從來沒有人多看琳一眼。就算說我好冷、我好餓、我快死了，每個人還是都把琳當成不存在似地，視而不見地從琳面前經過。」

「……」

「可是爸爸不一樣。雖然嘴巴上說著『這是修行』，但還是一直和琳在一起，把琳看在眼裡、和琳說話，所以琳覺得很開心……所以，琳喜歡爸爸。」

琳那靦腆的笑容，令葛倫難以直視。在那笑容之前，不論多麼有攻擊性的話，都能簡單地失效。

覺得自己快失常了。葛倫用力皺眉，轉身背對琳。

「我出門了。」

自從收養琳之後，自己愈來愈不像自己。葛倫有這種奇妙的感覺。因為她帶給葛倫的，是他從來沒有感受過的感情。

不論以多冷淡的態度對琳，都無法逼退她，甚至還會回以燦爛的笑容。所以葛倫拚命地與琳保持距離。因為不拒絕自己的生物，令他害怕。

琳成以補師的身分成為了冒險者。由於琳原本是孤兒，沒有接受過正式教育，所以葛倫對她沒有太多期待，沒想到她的學習能力相當好。與魔物戰鬥的方式、團隊合作的方式、在迷宮行走的方式……葛倫把畢生所學全教給琳，琳也在短短幾年裡把那些全學會了。再加上幸運地發芽了合適的超域技能，因此成為小有名氣的補師。

——感到驕傲。葛倫第一次產生這種感覺。

就算以前別人再怎麼稱讚、奉承自己，也從來沒有這樣感覺。

「葛倫，你最近變圓滑了？」

《白銀之劍》的同伴開始說這種話，也是收養琳之後的事。

「……最近變胖了。」

「呵呵，以前的你才不會這麼回答呢。『不要談與工作無關的事』，肯定會那麼回。小琳的威力真大。」

「和她沒關係。」

收養琳之前，同伴們根本不會這樣調侃自己。這就是所謂「變圓滑」的證明嗎？

「……吶。」

葛倫對調侃自己的同伴小聲說道：

「……那個，謝謝你們願意信任我、一直支援我。」

同伴訝異地瞪大眼睛。

「你、你怎麼了？葛倫。」

「有些事不說出來就不知道，不是嗎？」

葛倫哼了一聲，難為情地別過臉。

雖然是害臊的話，但說出來的感覺意外地舒暢。葛倫開始覺得，過去認為不需要與同伴有工作以外交流的自己很幼稚。

（原來如此。我只是害怕他人而已啊……）

葛倫毫無抵抗地接受了這個結論。

至今為止，對葛倫來說，人類與魔物沒什麼不同。是一種會拒絕自己，攻擊自己的魔物。葛倫覺得自己一直在與那種魔物戰鬥，總是生活在戰場中，為了搶到自己的容身之處，消滅那些魔物。

但現實又是如何呢？比誰都更害怕那魔物，逃避那魔物的，就是自己。光是鼓起勇氣解除武裝，主動靠近，人類就不再是魔物了。不對，人類本來就不是魔物。

（這也是……琳教我的嗎？）

她對自己的影響力已經大到不得不承認的地步了。

能有這些感情，都是託了沒有離開自己、大聲說愛自己的琳之福。假如沒有她，自己應該會一輩子與不存在的魔物戰鬥吧。

得向琳道歉，以及向她傳達至今為止的感謝才行。

葛倫心浮氣躁地想著。可是因為兩人的距離太近了，想說那些話時，更覺得難為情。不過反正除了工作以外，他們平常一直住在一起，多的是機會說出來——當時的葛倫愚蠢又輕怠地想著，把最重要事情往後順延。

「對了對了，新的補師人選已經決定了哦。」

同伴說著，把補師叫進房間。葛倫見到來人啞口無言，震驚到眼珠子都快掉下來了。

站在自己眼前的，是才剛十五歲的少女——琳。

「哼哼——怎麼樣？看到了嗎！」

見到葛倫呆怔的表情，琳露出得逞又得意的賊笑。

沒想到在短短幾個月後，就會失去性命——

38

「——琳是孤兒。」

葛倫說著，表情稍微緩和了下來。看在亞莉納眼中，那是提起心愛子女的父親的表情。

「雖然她和我沒有任何血緣關係，但確實是我的孩子。雖然她剛加入白銀時，引起不少爭議，但琳確實是以實力成為白銀的。畢竟是我以冒險者身分指導的學生，不可能不優秀。」

葛倫驕傲地談論優秀的女兒，可是話中帶著苦澀。

「對不起啊，小姑娘，把妳捲進這種事裡。我知道妳只想當個普通的櫃檯小姐而已。」

葛倫突然說起不相關的話題。

「一開始，我太小看小姑娘了。我想，既然擁有神域技能，成為冒險者的話，不但能賺大錢，還能自由決定工作時間。可是妳卻只想當櫃檯小姐，經常為加班所苦，真是個笨蛋。這種只看得到眼前的『安定』生活，無法獨立思考的愚蠢女孩，應該很容易利用——」

「……」

「可是，接連兩次戰勝魔神的妳，一點也不愚蠢，是擁有堅定意志的戰士。小姑娘是有什麼不能讓步的理由，才堅持要當櫃檯小姐的吧？」

「……」

「儘管如此，我還是好幾次硬把妳拖出來，真是對不起。就像傑特說的，我利用了妳，踐踏妳的想法。」

亞莉納沒有說話。傑特向前踏出一步：

「……葛倫，你想殺了我們，得到神域技能嗎？」

「不。我壓根不想吃你們。因為我不需要新的神域技能。只要我化為魔神，我原本持有的超域技能，就會自動『異變』成神域技能。」

「……異變。」

那說法使亞莉納若有所思地重複葛倫的話。她的神域技能〈巨神的破鎚〉，也曾經出現過好幾次奇妙的變化——銀色戰鎚發出金色光芒，灑落金色光點，壓制了魔神的神域技能。

「小姑娘，這次是最後了……雖然很厚臉皮，不過我想請妳聽我最後的願望。」

「願望……？」

「我將以靈魂啟動魔神核。如此一來，我的意志遲早會被這魔神核吃掉，成為純粹的魔神。到時候……妳就殺了我吧。」

眾人倒抽一口氣時，葛倫把左手伸向空中。

「呼喊吧——〈巨神的馭時〉。」

強烈的光芒隨著詠唱迸現，在葛倫腳下形成白色的魔法陣。白光在魔神核中流竄，愈來愈明亮，如波濤似地湧向傑特等人。

「神域(蒂亞)技能——!?」

傑特困惑地喊道。如今葛倫使出的，不是超域技能〈時間觀測者〉，而是冠有蒂亞之名的〈巨神的馭時〉。

「嗚咕、啊啊，咕啊啊啊……！」

與先前見過的魔神不同，葛倫用力按住左手，五官因貫穿全身的劇痛而扭曲。

宛如是使用了超過實力的力量代價，鑲著魔神核的左手無視葛倫的意志，如怪物似地暴動起來。雖然葛倫拚命壓制左手，但仍然沒有停止技能。

最後，白光充滿冰冷的石造房間，什麼都看不見了。

＊＊＊＊

眩目的光芒消失後，恢復視力的亞莉納發現自己身邊空無一人。

「……咦？傑特？大家……？」

這裡確實是剛才待著的頭目的房間，可是沒有傑特等人的身影，取而代之的，是充滿整個空間的刺鼻焦臭味。

「……琳……」

亞莉納一驚，發現眼前有個男人跪在地上哭泣。

那人頭髮理得很短，背部結實寬厚，自己身上也滿是傷痕與血汙，旁邊的地上有一把殘破大劍。

是葛倫。

比亞莉納認識的葛倫年輕，還能稱為青年的模樣。葛倫面前，有一塊大型的「黑炭」。強烈的焦臭味，就是從那裡發出來的。黑炭周圍，還有同樣焦黑的小碎片。

葛倫弓起高壯的身體，發狂似地把那些黑色物體兜攏到自己面前。

「琳……！琳……！」

葛倫驚慌失措地嚎啕大哭，狂亂地把那些焦炭般的黑物聚集起來，彷彿想收集泥土捏泥人似地。

「為什麼、為什麼妳非死不可……！」

不用想像，也能猜到發出焦臭肉味的「那個」是什麼。

「我什麼都……還沒說……！什麼都、還沒對妳說……！」

雖然葛倫努力地收集炭化的碎片，可是不管抓起什麼，全都會立刻粉碎。葛倫把好不容易收集起來的那些抱在胸口，淚如雨下。

「琳……琳……啊，啊……啊啊啊啊啊啊啊啊啊！！！」

痛失愛女的父親撕心裂肺的哭喊，迴蕩在無機質的迷宮裡。

「……！」

亞莉納咬著嘴唇，忍不住從那苦澀的光景移開視線。她不忍心聽葛倫悲痛欲絕的哭喊。

「──啊啊，可憐的葛倫。」

忽地，其他男人的聲音傳來。

亞莉納驚訝地把頭轉回，見到一名不知何時出現的男子，正輕撫著葛倫的後背。他彎下身子，對嚎哭的葛倫低語：

「讓我告訴你，如何使這悲痛消失吧──」

39

「——啊啊啊啊啊啊啊啊啊啊！！！」

男人淒厲的叫聲震遍鼓膜，使亞莉納驚醒過來。

自己的所在之處，仍然是那個無機質的石造空間。但是已經沒有刺鼻的焦臭味了。站在眼前的，是亞莉納認識的那個葛倫。

「為什麼？為什麼，沒辦法倒轉更多時間……!!」

葛倫忍受著強烈劇痛，憎恨地瞪著自己左手。黑色的魔神核比剛才更有存在感，隱約地發出光芒。

「……」

亞莉納迅速地掃視周圍，傑特、露露莉、勞都在。

剛才見到的光景，毫無疑問是這房間曾經發生過的事。應該是葛倫的神域技能〈巨神的馭時〉的效果。

「明明只差一點……!離琳還活著的時候……只差一點而已……」

葛倫粗重地喘氣，無力地跪下。儘管如此，他眼中仍然燃燒著晶亮的光芒。葛倫咬緊牙關，抬起了頭。

「怎麼了，發生了什麼事……!?」

傑特困惑的聲音傳入耳中。露露莉與勞也不再僵直了。看樣子，他們不像亞莉納，沒有見到剛才的光景——

「……葛倫！」

亞莉納甩開各種疑問，蹬地向前。

「發動技能〈巨神的破鎚〉！」

亞莉納握住憑空出現的巨大戰鎚，朝葛倫逼近。目標是葛倫的左手，只要能設法處理掉那魔神核——

總之，亞莉納不想再次看到那令人哀傷的光景了。

「葛倫！就算我敲爛你的左手，也不准生氣哦……！」

亞莉納朝葛倫的左手揮下戰鎚。

可是，撼動整個房間的一鎚，只發出巨大的聲響，擊碎了空無一物的石地板。葛倫的身影霎時間消失了。

「不見了……!?」

「……再一次。」

葛倫悲痛的聲音，從遠處傳來。

亞莉納連忙朝聲音傳來的方向看去。不知何時，葛倫已經移動到房間的角落了。

完全追不上他的動作。亞莉納沒空感到驚訝，她再次逼近葛倫。

「就算改變過去，讓你女兒復活……但是你因此死亡的話，她也不會開心的……！」

亞莉納盡可能地大聲說話，煩躁地咬住嘴唇。

「失去重要之人的痛，你不是最清楚的嗎!?」

不論再怎麼期盼，也不會回來的現實。在強烈的感情肆虐之後，只剩下空蕩蕩的心。原本喜歡的因此變討厭。曾經是夢想的不再是夢想。

你想讓你女兒也嘗到那種痛苦嗎？

朝著葛倫左手揮下的戰鎚，仍然只擊中空無一物的虛空，破壞石地板而已。

「唔……！」

「你們不懂。」

葛倫的聲音再次從遠處傳來。亞莉納連忙轉頭，見到葛倫坐在小墳旁。

「為了孩子，父母願意犧牲一切。」

葛倫咬緊牙根，指甲緊抓著地面。鑲著魔神核的左手血管清楚地浮現，並劇烈地脈動著，看起來非常疼痛。

「不論這雙手染上多少血汙……就算放棄人類身分……成為怪物……！就算我死了，就算我變得髒汙不堪，只要那孩子——」

葛倫臉色蒼白，但眼中燃燒著烈火般的意志，站起了身。

「——只要琳能笑著活下去，這條命死不足惜！」

葛倫說著，身體迸發前所未有的氣勢，讓亞莉納無法再說下去。

他是認真的。

阻止他，一定是不可能的事。

「呼喊吧……〈巨神的馭時〉。」

葛倫再次發動技能。強烈的白光再次充滿房間，使亞莉納閉上眼睛。

可是，那強光沒有持續太久。

亞莉納努力睜開眼睛，可是不但沒見到過去的光景，技能的光芒甚至迅速地消失而去。

「……？」

「……呼……呼…………哈、哈哈……」

耳邊傳來葛倫沙啞的笑聲。

只見他筋疲力盡地跪下，領悟什麼似地揚起嘴角，露出自嘲的笑容。失去光芒的雙眼無力地看著虛空。

淚珠，不斷從他眼中滾落。

「捨棄人心……不惜利用他人的生命與痛苦的結果……就是這樣嗎？」

他虛弱地顫抖著，懷中不知何時多了一具黑色的遺體。

已經不留人類形狀的，黑色團塊。

「……！」

那是亞莉納剛才在過去的光景中見到的焦臭物體。應該是比剛才提前了一瞬吧——假如葛倫能再稍微倒轉時間，也許就能得到人形的什麼了。

葛倫憐愛地抱著那副遺體。那團塊比泥人還脆弱，轉眼之間便崩解粉碎，消失在葛倫懷中。

「……對不起，琳……」

葛倫輕聲道歉，凝視空無一物的虛空。

縮得小小的身體，見不到任何「葛倫・加利亞」的威嚴。跪在這裡的，不是最強的冒險者，也不是公會會長，只是一名傷心欲絕父親的單薄身影。

葛倫緩緩背對亞莉納起身。傑特閃身擋在動搖到無法說話的亞莉納前方。

「亞莉納小姐……要來了哦。」

傑特已經舉起大盾牌了。葛倫背對緊張的亞莉納等人，茫然地發了一陣子呆，最後總算悄聲開口。

「──為什麼我要把那傢伙培養成冒險者呢？」

那是葛倫的後悔。

「為什麼……那傢伙被選中成為白銀時，我要覺得開心呢？女兒在眼前變成焦炭時，我第一次知道什麼叫後悔，總算明白自己是多愚蠢的人……」

葛倫顫聲說著。

由於他背對眾人，亞莉納不知道現在的他有什麼表情。但傳來的聲音，是前所未有的虛弱。

「琳……琳……我該怎麼做……要怎麼做，才能再次見到妳……」

有如壞掉的機器人般喃喃自語的葛倫，毫無預兆地突然轉身。

瞬間，亞莉納倒抽一口氣。

鑲在葛倫左手的魔神核，向前延伸出一條手臂般的黑色帶狀物。宛如由無數蟲子聚集而成的黑手不斷蠢動，緩緩變形──覆蓋在葛倫的臉上。

『愚蠢……愚蠢的男人……』

被黑影般的手包覆住整張臉的葛倫自語著。雖然那確實是從葛倫喉嚨中發出的聲音，聽起來卻像還有別人在說話似地，有一種奇妙感。

「……！」

那驚人的光景，使亞莉納瞪大眼睛，表情緬緊。最後，那些如黑色蟲子的影之手濃縮在額頭上，形成一個有意義的花紋。朝八個方位放射的魔法陣——模仿太陽的神之印。

所有先人創造的遺物上，一定會刻有的印記——就連活著的遺物，魔神也不例外。

「神之印……！」

傑特驚愕地叫著。

幾秒的沉默後，原本看著虛空的葛倫忽地與亞莉納眼神交會。還帶著淚痕的臉愉快地扭曲，他笑了起來。

『啊啊，沒錯。把人類吃了……得到力量。』

他說著魔神般的語句，向前伸出左手。浮在左手上的血管賁張到快裂開似的，魔神核反射著詭異的鈍色光芒。

『呼喊吧，〈巨神的馭時〉。』

強烈的白光，使房間再次被白色魔法陣淹沒——下一瞬，葛倫的身影消失了。

就在亞莉納看丟葛倫高大身影的瞬間。

他已經在出現在露露莉面前了。

「露露莉！」

最早反應過來的是勞。露露莉看著充滿敵意的葛倫雙眼，不知該做什麼反應，只能僵在原地。勞緊急地朝露露莉的肩膀一推，讓她退開。幾乎同時——

葛倫的腿，毫不留情地踢中勞的側腰。

「呃啊……！」

啪嘰，隨著令人不悅的骨折聲，勞的身體猛地被踢飛，重重落在地上，一動也不動。

「勞！」

露露莉臉色蒼白地打算朝勞跑去。「!?」可是她的行進方向被葛倫擋住，她無法抵抗，肩膀被葛倫一把抓住。那飽經鍛鍊的手臂蓄力，巨大的拳頭舉起後揮下。

「住——」

亞莉納出聲吶喊時，葛倫拳頭已經重重擊中露露莉的心窩了。

「啊……」

露露莉吐出一口氣息，身體彎折，就這樣朝一旁倒下，再也沒有聲音。

「……！」

亞莉納倒抽一口氣。不過短短幾十秒，已經有兩人因毫不留情的單方面攻擊而倒下了。亞莉納知道自己全身發涼，臉上失去血色。

『哼……還沒辦法隨心所欲地使用能力呢。』

葛倫看也不看倒地的露露莉與勞一眼，面不改色地說道。

雖然外表是葛倫，可是以奇妙的聲音說出的話，就像在測試自己的力量似地，與葛倫本人的感覺截然不同。

那低頭看著躺在地上的兩人的眼神，也冰冷至極，沒有愧疚與罪惡感。

「……不用擔心，亞莉納小姐。他們沒死。」

明白亞莉納害怕的事，傑特小聲說道：

「我聽得到心跳聲。他們只是昏過去而已。」

傑特已經發動了〈百眼獸士〉。可是，他仍然以無比嚴峻的表情看著葛倫，毫無餘裕。

「就連〈百眼獸士〉都完全追不上他的動作，也料想不到他會怎麼行動——」

亞莉納也一樣。

葛倫的超域技能〈時間觀測者〉，雖然不能「改變」時間停止時的空間，但是自己能在時間停止的空間中自由移動，進行「觀測」。對於被停止時間的人而言，葛倫的動作就像瞬間移動一樣。當年現役時期，葛倫就是以這力量，成為最強冒險者。

可是對擁有神域技能的亞莉納來說——一切都是無效的。所以直到現在這一刻，亞莉納才終於明白被操控時間，是多麼單方面吃虧的事。

假如〈巨神的馭時〉是〈時間觀測者〉的高位版，那麼現在的亞莉納也無法逃離葛倫的時間操控。也就是說，下個瞬間，自己很有可能受到難以迴避的致命攻擊而死。

「……看來魔神核給予的，不只力量而已。」

傑特看向葛倫額頭上的神之印。

「連人格都改變了……不對，照葛倫的說法，葛倫的意志已經被魔神核『吃了』……所以魔神們儘管本來是人類，卻能使用那麼強大的力量。」

假如還留著良心，會產生一絲罪惡感的話，就算得到足以殺人的力量，也無法真的下手。傑特的意思應該是這樣吧。但也確實如此。而假如先人是連這部分都計算過，才製造出魔神核的話——亞莉納對先人的行徑感到毛骨悚然。

傑特繼續點出微弱的希望。

「不過，明明能一招斃命，露露莉和勞卻沒有死。說不定魔神體內還殘留著葛倫的意志。因為葛倫希望能被我們所殺。」

「……」

「假如破壞那個魔神核，說不定能讓葛倫恢復原本的樣子，也許吧……」

說不定能恢復。說不定不能恢復。

不，亞莉納知道過去那些被自己傷及魔神核的魔神，有什麼下場。留下魔神核，除此之外的部分全部化為煙塵，消失到什麼都不剩。

「……可是，也只能那麼做了……」

亞莉納說服自己似地說著。

必須趁魔神體內還殘留葛倫的意志時，想辦法打倒他才行。否則亞莉納與傑特都會死。就連一秒鐘的猶豫時間都沒有。那就是現狀。

「……魔神的下一個攻擊目標是我。」

「咦？」

「葛倫是穩紮穩打型的冒險者，會從弱小的傢伙開始，確實地打倒所有敵人。」

的確，明明亞莉納與傑特就站在正前方，可是葛倫卻先從沒有戰鬥能力的露露莉開始下手。之前交戰過的那些魔神，根本不會像這樣區分人類的強弱，戰鬥時也沒有規則性可言。

「而且他還不熟悉神域技能。如果拖到他能發揮〈巨神的馭時〉的真正力量時，我們八成會在時間被停止時被輕易地全滅吧。」

「……」

「既然知道他會先攻擊我……就由我來擔任誘餌。我也知道這要求很亂來，但是亞莉納小姐，請妳在我當誘餌時，找出攻擊的機會。」

亞莉納沉默下來。若葛倫確實會從力量弱小的對象開始攻擊，那麼下一個目標，很有可能是只擁有超域技能的傑特。

可是亞莉納不希望傑特成為誘餌。儘管不願意，卻沒有其他方法。

見亞莉納沉默不語，傑特悄聲開口：

「亞莉納小姐，妳願意相信我嗎？」

「……咦？」

「妳願意相信我無論如何都不會死，等待反擊的機會來臨嗎？」

「……」

不相信。

亞莉納的答案只有一個。沒有任何迷惘。因為她知道，不論多麼重要的人，都會簡單地死亡。

可是，被傑特這麼問，她卻迷惘了。因為這傢伙確實瀕死過無數次，又活了下來，是有如喪屍的男人。

「……我會等。」

最後，亞莉納輕輕點頭。傑特有點得意地微笑起來。

「好，既然如此——」

啪嚓，令人不悅的聲音在亞莉納面前炸裂。

傑特的身影突然間從眼前消失。不對，是被打飛到一旁。

至於葛倫，則是憑空出現在傑特剛才站立處的正後方。

「……傑特!!」

傑特的身體如落葉般輕易地在空中飛舞、落下，在堅硬的石地板上接連打了兩、三個滾，最後趴倒在遠處。亞莉納總算在慢了一拍後理解情況：葛倫突然出現在傑特身後，狠狠地踢中了傑特的右肩。

「……!」

葛倫看也不看被打飛的傑特一眼，安靜地俯視亞莉納。

壓倒性的壓迫感，使亞莉納有些畏縮。

好高大。葛倫看起來，高大得就像巨人似的。

有那麼一瞬，亞莉納有種將死的覺悟。

「唔咕……!」

就在這時，一道輕微的呻吟發出，使葛倫的視線從亞莉納身上移開。

只見傑特按著右肩，勉力站起。也許因受傷而使不出力，傑特的右肩無力地下垂。說不定骨頭已經被魔神超越常理的腿力粉碎了。

『……哼，還是一樣無謂地健壯呢。』

聽見葛倫的自語，亞莉納總算回神，緊急地與葛倫拉開距離。雖然說與能瞬間移動的葛倫戰鬥，根本不存在所謂的安全距離。

（「還是一樣」……知道傑特那蟑螂般的生命力，他果然還殘留著葛倫的記憶。）

可是——

亞莉納壓抑不安，握緊戰鎚。

從剛才的一擊可以明白，就算知道葛倫以傑特為目標，他們也沒有反擊的機會。只要被停止時間，就連葛倫攻擊前的預備動作都無法看見，也沒辦法靠反射神經閃避攻擊。

成為他目標的瞬間，就只能單方面地被摧殘了。

「……發動技能——」

傑特當然也知道。但他還是痛苦地皺著眉，向前伸出左手。

「〈百眼獸士〉。」

紅光在傑特周圍迸發，最後凝聚在傑特的雙眼中。

他聽見葛倫小聲地嗤道：

『做那種事，又能看到什麼？』

這確實是無謂的掙扎。不論把五感提高得多敏銳，時間被停止的話，根本沒有機會收集資訊，就會先被攻擊。

可是傑特仍不解除技能。哼，葛倫無趣地哼了一聲。

下一瞬，葛倫從傑特身邊經過。

咕噗，晚了一拍傳來的奇妙聲音傳入亞莉納耳中。葛倫的拳頭擊中傑特的心窩，使傑特整個人向後飛了出去。

「啊呃……！」

傑特無能為力地撞上牆壁，滑落在地上。

41

儘管趴在冰冷的地板上，傑特還有意識。

這種時候，傑特就很感謝自己的身體如此健壯。話雖這麼說，但他現在全身發麻，連一根指頭也抬不起來。葛倫緩緩朝著站不起來的傑特走近。傑特也很清楚，那不是因為對手已經無法戰鬥，就會放過一馬的男人，可是——

葛倫一把抓住傑特的頭，舉重若輕地把他向上提。傑特的身體整個離開地面。

「咕……啊……！」

頭蓋骨劈劈啪啪地作響。傑特勉強以恢復感覺的左手抓住葛倫的手腕，可是完全無法撼動那樹幹般粗壯的手臂。

『那麼。』

葛倫低聲道：

『反正機會難得，在捏碎你頭蓋骨之前問個問題吧。你知道我為什麼不殺死剛才那兩隻嗎？』

葛倫臉上浮起殘忍的笑容。

那殘酷的表情，已經完全見不到葛倫的影子了。

『因為那樣一來，還活著的人會以為「自己可能不會被殺」，留有僥倖，自己放鬆警戒。』

「……！」

『被逼到走投無路時，會喪失冷靜的判斷力。甚至沒發現自己陷入混亂，把眼前的廉價希望當成救命繩。真是可笑。』

「……」

啊啊，原來如此。

傑特明白了。眼前的人確實是魔神，也確實是葛倫・加利亞。

曾經有人說過，葛倫之所以能成為最強的前衛，不光因為他有優秀的超域技能。那沒有任何無謂舉動的戰鬥方式，也是原因之一。冷靜狡猾、不輕忽大意、不小看對手，所有的動作全都有其意義，就像機械般冷酷無情。

眼前的人，確實和傳聞中一模一樣。他確實是身經百戰的冒險者，最強的前衛。

——但是……

「……是啊。」

傑特揚起嘴角。

這個魔神還沒發現，中計的是誰。

「那種事，我早就知道了。」

早就知道葛倫可能是基於那樣的理由，才沒有殺死勞與露露莉。不，不是可能，傑特很肯定葛倫一定會為了讓傑特大意，故意那麼做。

「——因為你早就對我說過了。」

『你有過於樂觀的毛病。』

那是不久之前，葛倫對傑特說的話。那不單純只是指出傑特的缺點而已。

「如果是我，會針對你的這個弱點做攻擊」——這才是葛倫想告訴他的事。

儘管意識被魔神核吃了，身體仍然會依長年累月的戰鬥方式行動。葛倫事先告訴了傑特，該如何攻略自己。

・・・・・・為了確實地被我們殺死。

「發動技能，〈百眼獸士〉！」

傑特發動第二次的〈百眼獸士〉。

『……!?』

葛倫警戒地瞇起眼睛。紅光再次凝聚於傑特眼中，原本已經增幅過的感覺器官接收的資訊量，比剛才膨脹了數十倍。

「——嗚咕……！」

高熱灼燒著傑特的眼睛、耳朵、鼻子。〈百眼獸士〉光是發動一次，就會對身體造成相當大的負擔，若雙重發動，人類的肉體不可能安然無恙。

些微的聲音、氣味、光線，全部被增幅為具有強大殺傷力的凶器，破壞著五感。大腦發出哀號，幾乎燒斷神經——

「『結合』。」

在什麼都聽不見的空間裡，信任著「她」的傑特說道：

「——發動複合技能。」」

兩道聲音重疊在一起。詠唱的人，不只傑特。

葛倫微微睜大眼睛，轉過頭見到仍然倒在地上，但勉力抬頭，以魔杖指著這邊的露露莉。

『什麼……』

「「〈預知未來〉!!」」

露露莉將強力治癒技能〈不死的祝福者〉施展在傑特身上。與雙重發動的〈百眼獸士〉結合在一起，成為複合技能，濃縮為深紅色的光芒。

傑特原本分崩離析的感覺回來了。因驚人的資訊量而瀕死的眼睛、耳朵、鼻子、大腦，全都開始恢復、降溫。

『與他人的技能融合……!?』

傑特趁著葛倫動搖時，踢向他的頸部。

「唔！」

出其不意的攻擊，使葛倫身形一晃，放開傑特。傑特趁機跳開，與葛倫稍微拉開距離。但是他既不拿武器，也不做出防禦姿勢，毫無防備地站著。

『……不管做什麼都沒用的。』

葛倫說完，倏地出現在傑特身後，手中握著原本不存在的愛用大劍。已經沒有必要手下留情了。高高舉起的大劍帶著明確的殺意，鎖定了傑特的頸部——

可是，理應砍斷傑特腦袋的大劍，只砍中了虛空。傑特微微壓低身體，躲過攻擊。

『……閃過了!?』

葛倫臉上露出警戒之色。但他立刻重新握緊大劍，鎖定傑特的腦門。下一瞬間，巨大劍身劃破空間劈中傑特的頭頂──

然而，這次也同樣被傑特朝旁邊閃身躲過了。幾乎是大劍揮下的同時，不，在大劍還沒揮下時，傑特的身體已經動起來了。

彷彿早已料到葛倫的動作似地。

『怎麼回事……!?』

停止時間的攻擊被閃過兩次，葛倫的臉色變了。當然，傑特不是靠直覺躲過的。是雙重發動的〈百眼獸士〉與〈不死的祝福者〉結合而成的複合技能〈預知未來〉的效果。

現在的傑特，視野一片空白，什麼畫面都無法呈現。

但是他看得見。能明白一切。

雙重發動的〈百眼獸士〉，使傑特的感知能力敏銳到極點。傑特感受到的每一秒、每一剎那，都被放大數十倍。龐大到驚人的資訊量，使傑特掌握現場的一切。

葛倫停止時間時的移動方式，並非無法完全掌握、跳越空間的移動方式。

而是藉著在時間靜止的空間裡連續活動，來達成瞬間移動。

葛倫在活動時產生的各種資訊，空氣的流向、聲音的迴響、塵埃的飛舞……這些資訊滴水不漏地全部流入傑特腦中。雙重發動的〈百眼獸士〉，能拾起普通人絕對無法感受到的那些細微資訊。

因驚人的情報量負荷過重的大腦，則藉著露露莉的〈不死的祝福者〉維持在健全狀態。思考不但沒有停止，還會因得到更多資訊而加快速度。分析出在零點一秒之間得到的龐大資訊，使傑特能提早一瞬看出未來發生的事——

——右邊。

傑特朝左移動幾步，輕輕跳起。停止時間移動的葛倫大劍，劃過虛空。

『……！』

不是偶然辦到的。直到這時，葛倫總算察覺這點，但已經太遲了。

某種質量極大的物體，朝葛倫快速逼近。等到葛倫發現時，那把戰鎚已經近在鼻尖了。

『嘎啊!?』

亞莉納的戰鎚，結結實實地從正面擊中葛倫的臉。壯碩的身體翻倒，在地板上高速滑行。

亞莉納朝地板猛地一踏，追了上去。

相信傑特，等待反擊機會的亞莉納，開始猛烈反攻。

42

亞莉納鎖定葛倫，舉起戰鎚。

機會只有現在。不等葛倫的身體停止滑動，戰鎚再次揮出，葛倫的身體飛到半空中。

『嗚咕……！』

葛倫一直線地向後飛，在即將撞上牆壁時翻轉身體，彷彿要踢破牆壁似地朝牆壁用力一踹，猛地欺身到亞莉納面前。

看得見葛倫舉起大劍的動作。看得見。時間沒有停止。是因為過度動搖而忘了停止時間嗎？亞莉納以戰鎚擋下從側邊劈來的攻擊。

錚！刺耳的金屬碰撞聲響起，攻擊被彈開的葛倫身體大大地向後翻倒。

『……為什麼!?』

葛倫以旋轉身體消除餘勢，手撐著地面，錯愕地發問。

『為什麼妳能動!?』

「咦？」

直到聽見葛倫發問，亞莉納才總算發現。

不論是傑特，或是露露莉，全都像石像一樣凝視著一處靜止了。看起來就像時間被停止似的——

不對。時間確實停止了。亞莉納見過這種奇妙的光景。在只有葛倫能移動、以技能停止時間的空間裡。

話雖這麼說，但亞莉納是在葛倫發動〈時間觀測者〉時見到那光景的。是只對擁有神域技能的亞莉納無效的情況。可是如今，葛倫使用的是對亞莉納也有效的神域技能〈巨神的馭時〉，因此不可能有這種事——

忽地，亞莉納想到一件事，看向手中的戰鎚。

如她所料，戰鎚在不知不覺中纏繞著金色光點。這也是她見過好幾次的奇妙光景。

「……異變……」

亞莉納小聲自語。

沒錯。到目前為止，也是只有這把銀色戰鎚發出金色光芒時，亞莉納才能破解魔神的神域技能。

——例如與席巴戰鬥時，兩人明明勢均力敵，戰鎚卻發揮了凌駕魔神的力量，彈開席巴的神域技能，破壞了他強韌的肉體。

——例如與雙胞胎魔神戰鬥時，擊碎了以缺陷提高威力的神域技能之箭。

因〈巨神的破鎚〉而出現的戰鎚，總是會回應亞莉納的想法，為她帶來勝利。

『……那是、什麼力量……難道那力量能凌駕神域技能嗎……？』

葛倫瞪大眼睛，錯愕地看著那金色的戰鎚。

他說的沒錯。既然神域技能〈巨神的馭時〉對亞莉納失效，表示現在的亞莉納擁有超越神域技能的高位力量。

『怎麼可能……』

葛倫喘著粗氣，畏懼地後退一步。亞莉納雙眼緊盯著他。暫時不管眼前的神祕現象。

「魔神。變回葛倫……做不到的話，我就連同那個身體一起，破壞魔神核。」

『等一下。』

葛倫扔開大劍，朝亞莉納伸出右手，對做好覺悟的她說出令人意外的話：

『妳沒有想再見一面的人嗎？』

正想向前跨出一步的亞莉納，忽地停下。

『我幫妳復活吧。只要吃了在場所有人的靈魂，想倒轉多少時間，都不是難事。』

見亞莉納身體一僵，葛倫勸誘似地張開雙手。

『我看到妳的過去了。失去重要的人，讓妳很寂寞吧？』

「……」

亞莉納放下戰鎚。

『就是這樣，祈求吧！力量……』

「不要把別人當白痴好嗎？」

亞莉納小聲地打斷葛倫的話。

『什──』

「死人是不會復活的。」

亞莉納咬著後牙，擠出聲音。

「所以，不論冒險者或櫃檯小姐，全都在痛苦到愚蠢的職場中，像傻瓜一樣拚命活下去……！」

沒有比改變痛苦的過去更令人開心的事。

假如是幾個月前，認識傑特之前的亞莉納，肯定會欣然接受這提議吧。

可是現在的亞莉納，除了在過去，現在也有了「重要的人」。

「再說，我不覺得寂寞。」

亞莉納斷然說道。

不寂寞。那是在之前的百年祭時發現的。

就連亞莉納也很驚訝，自己已經不寂寞了。過去的重要之人，名為許勞德的冒險者。因為失去他而造成的創傷，已經變淡了。

失去他，已經是好幾年前的事了。也許是時間解決了傷痛。也許是因為現在太忙了。加班和魔神什麼的，麻煩事接二連三地找上來，根本沒有時間悲傷──不過，這樣就好。

現在的亞莉納，已經喜歡上這種鬱悶的日子了。

『哈哈……哈哈哈哈！這種想法太任性了吧？以前一直說好寂寞好寂寞，有了新同伴，覺得開心了就「好，下一個」？妳想忘了死者嗎？沒有比這更冒瀆死者的事！』

「冷酷或冒瀆又怎麼樣？我從來不認為自己是清白端正又溫柔的女孩子。因為我不想再一次嘗到那種痛苦，所以我現在可是很努力的哦。沒必要被你說教。」

『……』

「你又是如何，『葛倫』？」

亞莉納厲聲問道，再次舉起戰鎚，瞪視魔神。

「我懂想再次和故人相見的感覺，也懂後悔的感覺。可是──復活後，又能怎麼樣？」

『……妳說什麼？』

反射性地揚起眉尾的，是葛倫呢？還是魔神？雖然分不出來，但亞莉納無所謂，繼續說道：

「你好像只想著復活的事，可是和那孩子一起生活的回憶，不也一樣重要嗎？」

『……那是狡辯。』

葛倫轉為苦澀的表情低聲反駁。

『那種說法是無聊的狡辯！回憶什麼的……又能怎麼樣！』

「可以成為活著的人活下去的力量。」

『！』

亞莉納斷然說道，葛倫無法反駁。

「覺得加班很痛苦時，可以成為熬夜的力量；早上還想賴床時，可以成為起床的力量；不想上班時，可以成為工作的力量；可以成為明天再努力一點點的力量……！」

『什……』

「你女兒讓你明白了很多重要的事，不是嗎？她為你帶來的東西，一直保存你心中不是嗎？因為有她，所以才有現在的你不是嗎！」

亞莉納抿緊嘴唇，咬著牙關，如此說道。

走錯一步的話，亞莉納應該也會和葛倫一樣，一直懷抱著扭曲的願望吧。

可是，她沒有變成那樣。因為亞莉納有許勞德留給她的，名為「櫃檯小姐」的生活方式。

就算那是因許勞德之死而帶來的、充滿詛咒的生活方式，可是對亞莉納來說，那仍然是讓她回憶重要之人的東西。就連詛咒，也是重要無比的回憶。

「到底還想追求什麼呢？用自己的命換女兒復活之前，做那種無聊的打算之前……好好珍惜一起生活時的回憶啦……！」

『……』

葛倫已經找不到反駁的話了。他只能睜大眼睛，失去言語地呆立原地。

「然後……比起那種事，我最想說的是……！」

亞莉納猛地瞪大眼睛，踩碎石地板，舉著戰鎚欺身至葛倫面前。

「你跟我保證會消除加班的約定，別給我忘得一乾二淨啊啊啊啊啊啊啊————!!!!」

隨著一聲巨響，亞莉納的戰鎚擊中葛倫的左臂。啪嚓，伴隨著不愉快的聲音，戰鎚穿肉碎骨，擊飛了葛倫左肩以下的部分。

『呃啊啊!!』

失去左臂的葛倫當場跪倒在地上，額頭的神之印消失了。

『嗚咕，啊、啊啊，琳……！』

也許是被改寫的人格恢復了，呼喚著女兒名字的葛倫留戀地伸出右手。

被敲飛的葛倫左臂上，仍鑲著魔神核。反射著黑色光芒的魔神核劇烈脈動，被打斷的左臂在半空中狂暴地扭動不已，最後筋疲力竭似地停止活動，化為塵土消失無蹤。

咚，魔神核掉落在地上時，左臂已經什麼殘骸都不剩了。

『啊……』

葛倫發出茫然的聲音。

魔神核已然失去光芒，沉默下來。那是填補了難以忍受的悲傷，同時帶來扭曲希望的魔神核。

『……啊，啊……啊啊啊啊啊啊!!!!』

那喊叫是悲傷，還是後悔呢？葛倫發出野獸般的咆哮，最後失去意識。

43

葛倫覺得意識輕飄飄的。

對不起……對不起……琳……

就算只剩意識，葛倫仍然一直對琳道歉。

腦中閃過與她一起生活的短暫時光。

琳過得幸福嗎？葛倫不敢肯定。他不記得陪琳玩過，也從來沒帶琳出門遊玩。工作不在家的時間，比在家時更長。除了讓琳有飯吃，有衣服穿，有地方睡之外，他沒有給過琳任何東西。唯一教過她的，是日後害死她的冒險者知識。僅此而已。

那過於短暫的、只有十五年的人生，葛倫沒信心曾讓女兒幸福過。

那孩子應該活更久的。為什麼活下來的是自己，死的非得是那麼年輕，還有大好將來的琳不可呢？

為什麼沒有守住她？

為什麼那時我沒有守住那比任何事物都令人憐愛的存在？沒有守住她的未來，她的笑容。

在心中劇烈翻騰的強烈後悔，就算過了幾十年，也沒有消失。

如果知道她會死得那麼快、那麼急的話，應該和她多說一些話的。

早知道再也見不到的話，應該早點說出口的。

——「我也愛妳」。如果曾對她這麼說過，該有多好。

＊＊＊＊

葛倫微微睜眼，泛白的視野朦朧不清。

雖然不知道這裡是哪裡，但是有張朦朧模糊的臉孔在近處看著自己。

「琳……？」

葛倫呻吟著發問，眼前的人微微狼狽了一下。

「唔哇，又在說了。」

「亞莉納小姐，妳別靠太近。雖然已經把魔神核分離了……但還是不知道會變成怎樣。」

什麼都做不到了。葛倫心裡明白。還能活動的，只有朦朧的意識而已，身體有如別人似地，完全不聽自己使喚。

「是琳嗎……？」

葛倫再次朝著泛白的視野發問。

「我不是琳。」

女聲立刻否定。就算把琳倒吊起來，她也絕對不會發出這麼冷淡的聲音。

「真是驚人的執著呢……像這種時候，不能剛好真的出現幽靈，來個圓滿收尾嗎……？」

「怎麼可能有那麼剛好的事呢，亞莉納小姐。」

唉——輪廓模糊的少女嫌麻煩似地用力嘆氣，轉頭看向葛倫。

「人啊，要死的時候，都是突然就沒了的哦。特別是冒險者。」

少女忿忿地說道。琳絕對不會說那種話。所以眼前的少女不是琳。雖然明白了，但自己總是會覺得對方和琳很像。

「後悔什麼的，當然多到和山一樣高。可是……因為再也不想嘗到那種痛苦和後悔，所以我會努力去做所有做得到的事。」

少女苦澀地說著。她究竟懷抱著什麼樣的後悔呢？

「不管後悔，或是痛苦，還不是得全部硬吞下去。為了不再嘗到那種滋味，所以才得戰鬥哦。」

至少我是這樣。少女說道。

啊啊，原來如此。

葛倫理解了。自己為什麼會把這名少女看成琳。

因為她那冷淡的話語中，有著與琳相同的溫柔——

44

「祝您一路順風！」

亞莉納搖晃著亂糟糟的頭髮，勉強擠出笑容目送冒險者離去。

說完，她把已經填寫過的委託書丟入「待處理籃」，行雲流水地拿出新的委託書，朝排隊中的冒險者喊道：

「久等了！下一位！」

託了研習時發現的新迷宮之福，伊富爾服務處裡人山人海。研習剛結束就被丟入戰場的亞莉納，一面對擠爆服務處的冒險者懷著殺意，一面掛著營業用的笑容，發瘋似地處理工作。

「唷。」

回應亞莉納的招呼聲、來到櫃檯的，是眼熟的高個子青年冒險者。那人有著銀髮與銀灰色的眼眸，身後揹著遺物武器的大盾，是一流冒險者——

傑特。

「我、現、在、很、忙!?」

亞莉納連問都不問對方來意，直接捏皺全新的委託書。這男人特地來服務處，絕對不是單純來接委託的。十成十是帶麻煩事來的。

「我我我我知道我知道，所以我有好好排隊不是嗎？而且也沒有在午休時突擊哦？」

亞莉納不由分說的殺意，使傑特連忙做莫名的自我辯護。亞莉納瞪著傑特，用力皺眉。

「所以你來幹嘛？你有看到這裡的樣子嗎？你是來接委託的？」

「不，我不是來接委託的。葛倫醒了。」

「啥？誰啊這麼忙的時候——」

亞莉納反射性地開口，說到一半又住了口。她思考了幾秒，嘛起了嘴，改口道：

「——營業時間結束後，我會過去……不過今天也得加班。你要來幫忙哦。」

「嗯，那當然。」

45

亞莉納與傑特一起前往伊富爾的治療院。

到頭來，研習時地下樓層發生的事沒有被公開。

只有研習大樓的鬼故事，被傳得更繪聲繪影而已。傑特等人選擇不公布葛倫犯下的罪行。

雖然說事情牽扯到魔神，公開的話會很麻煩，所以也有難辦的成分——但傑特等人是怎麼看葛倫的呢？亞莉納不知道。傑特也沒有主動說過。

勞與露露莉已經等在治療院的入口了。四人會合後，一起前往葛倫的病房。這時亞莉納突然想起一件事。

「對了，勞的身體還好嗎？」

亞莉納想起勞被魔神化的葛倫狠狠踢飛的光景，皺起眉頭。雖然露露莉在戰鬥中有稍微起身，可是勞直到最後都沒有起來。

「好得不得了——才怪，現在還是很痛。」

勞一如往常輕鬆地說著，撫摸自己被踢的側腰。

「勞當時可是實實在在的重傷哦。那時我以治癒光(Heal)做應急處理，可是斷骨深深刺進內臟裡……」

也許是想起了當時的光景，露露莉手指發抖。

「我的傷在治癒光能治好的範圍內，但勞受了那麼重的傷，居然還能保持平靜。如果是傑特那種習慣疼痛的人，還能理解的說。」

不是，我每次都很痛哦？露露莉無視傑特的反駁，把手指放在下巴，一臉認真地道：

「難道勞有受過忍受嚴刑拷打的訓練嗎……？」

「等一下，不要說那種恐怖的話啦～勞同學只是很會忍耐而已～」

勞誇張地皺眉抗議。開玩笑的，露露莉輕笑著道。

見白銀們的樣子一如往常，亞莉納鬆了口氣。知曉被葛倫利用的事，打擊最大的應該是他們。

「是說傑特又使用了奇怪的合體技呢……」

「不是奇怪的合體技哦。」「不是奇怪的合體技的說。」

傑特和露露莉異口同聲地反駁。

「我們可是認真練習過的哦！和傑特的複合技能。」

嘿嘿，露露莉得意地挺胸。

「自從知道也能和其他人使用複合技能後，我就試著增加複合技能的種類──」

說到這裡，傑特倏地停下腳步。他們已經走過一般患者住的多人病房，來到走廊深處，一看就知道是特別病房的門前。

看來這裡就是葛倫的房間。

原本為了不讓氣氛太凝重，故意輕快地聊天的傑特等人，也忍不住閉了嘴，猶豫起該不該敲門。就在這時，房門忽然被打開，一名女性從室內走出。

是葛倫的祕書菲莉。

「久等了，請進。我去處理相關事宜，不讓閒雜人等接近這裡。」

菲莉的態度也與平常無異。她平淡地確認訪客是誰後，一如既往地以公事公辦的語氣說完，快步離去。但是走了幾步後，又停下腳步回頭。

「白銀的各位，以及亞莉納・可洛瓦小姐……謝謝你們救了會長大人。」

菲莉垂著眼說完，消失在走廊上。

46

葛倫住的病房跟一般患者不同，是寬敞的個人房。不愧是公會會長，房內豪華到不像病房。

窗邊有一張大床，葛倫靠躺在床上，薄睡衣的左袖底下空蕩蕩，原本的霸氣蕩然無存。高壯的男人像沒有靈魂的空殼子般，只是安靜地垂著頭。

「……為什麼不殺我？」

葛倫不看向來人，小聲發問。

「小姑娘的話，應該能殺死我的。」

「……」

傑特護在亞莉納前方，保險起見，眾人與葛倫保持著一定的距離。

「葛倫……你還是不死心嗎？」

「怎麼可能死心。只是已經束手無策了，也是事實。〈巨神的馭時〉失敗了。」

葛倫以無機質的聲調淡然說道。

「說起來，魔神核還沒有完全啟動。所以〈巨神的馭時〉失敗了，我的靈魂也沒有被全部吃掉，還是以人類的身分活著——就是這樣吧。我體內的神域技能已經消失，沒辦法使用了。」

葛倫將殘存的右手緊握成拳，用力到微微顫動。

「就算這樣，為什麼讓我活著……！」

葛倫抬起憔悴不已的臉，雙眼充滿血絲，大聲道：

「妳不是全聽到了嗎？我利用了公會會長的地位，甚至犧牲了冒險者們的生命……如果就那麼死了，還能藉此贖罪！同伴戰死時也是，為什麼只有我苟延殘喘地活著？從今以後，要我為了什麼活下去……！」

葛倫激動地說著，隨時會舉起拳頭似地。傑特想讓亞莉納退到更後方，可是亞莉納反而向前踏出一步——

「煩死了。」

如此毫不留情地嫌棄道。

「唔……!?」

她瞪著驚訝的葛倫，呼，吐出一口氣後，猛地睜大雙眼，氣勢洶洶地揪住葛倫的衣領。

「是在撒什麼嬌啊你這混帳白痴沒用會長……」

「撒、撒……？」

「你啊，還有一個比你的命還重要的約定哦。說過多少次了，消除我的加班的約定，你可別說你忘了哦……！」

「什麼……」

葛倫訝異地眨眼。見到那表情，亞莉納更加用力地揪起失去霸氣與目標、失去一切的悲慘傷患的領子。

「『什麼』個鬼啊。你那是什麼『現在是說那個的時候嗎？』的表情!?讓你活下來，當然只有這個理由啊！」

「等一下亞莉納小姐這樣說也太過——」

「以為死了就能扯平，是大錯特錯……！就算你做的事足以被判死刑！但是你要死也要等我的加班消失之後再死!!好好一個大男人不要在那邊哭哭啼啼，你明明就還有該做的事吧？給我趕快去解決我的加班!!!!」

病房裡安靜無聲。

可是，剛才那種沉痛的氣氛，也消失無蹤了。

被亞莉納大聲叱責後，葛倫瞬間從「悲慘可憐的傷患」變成了「被年輕女孩說教的遜咖成年男性」，原本與其說是病房，不如說像靈堂的氛圍，一下子轉變。

就連在知道葛倫處心積慮地籌畫了十五年的計畫，只是為了讓女兒復活後，心情複雜的白銀們，也都啞口無言了。

最後，傑特忍不住打破沉默發問。

「……亞莉納小姐不用加班的日子，真的會來臨嗎……？」

「一定會。你不要亂烏鴉嘴。」

亞莉納狠瞪站在自己身後認真思考的傑特，讓他閉嘴後，再次看向葛倫。葛倫茫然地睜著眼，無言以對。

「……難道說，我連求死都不行了嗎……」

「就是這樣。懂了就好。」

「但如果是那樣，我又該怎麼補償……向冒險者們說出一切，下跪道歉，辭去公會會長的職務。這樣可以嗎？這麼做的話，我就能得到饒恕嗎？」

身為冒險者公會會長，卻為了個人私欲，犧牲冒險者的生命，甚至喚醒可能消滅這片大陸的危險存在。假如公開這些事，葛倫一定會身敗名裂，被所有冒險者看不起吧。

對於在人類社會生活的人來說，沒有比這更嚴厲的懲罰——看著垂頭喪氣的葛倫，亞莉納重重嘆氣，否定那愚蠢的想法。

「你不會真的以為放棄該負的責任，折磨自己的話，就算補償吧？」

被亞莉納瞪著，葛倫說不出話，只能沉默不語。

「如果我無視堆積如山的待處理文件，下班時間一到就回家，那些文件會消失嗎？我罷工的話，伊富爾服務處的加班狀況就能改善嗎？你覺得呢？嗯？」

亞莉納豎起眉毛，瞪大眼睛，緊繃著臉，朝葛倫逼近。她再次揪起葛倫病人服的領子，加以逼問。

「被迫留下來面對堆積如山的問題的人的心情……你有認真想過嗎？」

「沒、沒有……」

「工作啊，沒人做的話就會永遠堆在那裡。問題不好好面對的話，就算哭叫或撒手不幹，也絕對不會解決哦……！和魔神什麼的一樣。」

「亞莉納小姐……加班和魔神……那個規模有點……」

「傑特給我閉嘴。」

呸！亞莉納啐了一聲，迫使傑特閉嘴。她再次瞪著葛倫。

「既然接下工作，就算活得再丟臉，也要負起責任把事情做完。那才是出社會的人該有的『補償』方式。所以你該做的，是繼續擔任公會會長，天天做牛做馬，讓冒險者公會成為不必加班的天使職場……還有，如果你真————～～～～的覺得對不起我的話，下次人事異動的時期，知道該怎麼做了吧……？」

亞莉納掛起全無笑意的笑容，以來自地獄般的低沉聲音威脅葛倫。

「我、我知道……」

被那似乎要把人拆吃入腹的魄力壓倒，葛倫冷汗直流，不由自主地點頭。亞莉納見狀，哼了一聲，放開葛倫。

「我也贊成亞莉納小姐的意見。」

傑特也點頭附和。他稍做思考，瞥了露露莉與勞一眼後，再次看向葛倫。

「老實說，我無法簡單地原諒你利用我們和亞莉納小姐的事……可是事實上看到你行屍走肉的樣子，我也不覺得開心。」

「……」

「因此，我們《白銀之劍》想對你提出一個要求——讓亞莉納小姐不必再加班。你們說對吧？」

原本臉上籠罩著陰霾的露露莉，表情亮了起來。

「沒錯！」

「我沒有異議。」

露露莉與勞都點頭同意。看樣子，他們從一開始就決定這麼做了。

「魔神的威脅與謎團，都還沒有解決。亞莉納小姐的加班狀況也是。所以我們會以自己的方式繼續戰鬥。葛倫，你呢？」

「……！」

葛倫前所未見地瞪大眼睛，來回看著亞莉納與白銀們。無法回答傑特問題的他，像是痛切地感到自己的渺小，皺著眉低下了頭。

「……是嗎？說的也是，魔神的事，都還沒有結束……」

葛倫小聲呢喃。

「就像小姑娘、傑特說的，我犯下的罪，就算用這條命來補償，也完全不夠……」

葛倫悔恨地握拳，顫聲說著。由於他低著頭，所以亞莉納見不到他現在的表情。

「……葛倫，我有件事要問你。」

傑特瞇起眼睛，驟然壓低聲音問道：

「魔神，還有魔神核的事……你是聽誰說的？『那位大人』是誰？把所有知道的事全部告訴我們。」

「……」

傑特的問題，使葛倫沉默不語。良久後，他安靜地開口：

「……我當然不打算隱瞞。可是，聽到那個名字的話，又會讓你們產生不好的回憶吧……」

「不好的回憶？」

「沒錯。那位是——」

葛倫正想說出名字的，那個瞬間。

「唔……!?」

他突然按著額頭呻吟起來。

「唔咕、啊……!?」

葛倫抱著頭，極為疼痛似地不斷扭動身體。他睜大雙眼，表情因為痛苦而扭曲，身體也弓了起來。那異常的模樣，使傑特臉色大變。

「葛倫!?」

啪，某種奇妙的斷裂聲從葛倫體內發出。原本因劇痛呻吟的他眼睛瞪得更大。即使如此，他也並不大聲叫喊，而是用力咬住牙根忍耐。

「發……發動技能！〈不死的祝福者〉！」

被葛倫不尋常的模樣嚇到，露露莉慢了一拍才揮動魔杖。帶有強力治癒效果的超域技能紅光，照射在葛倫身上。

然而，紅光一照到葛倫，便「錚！」地就發出刺耳的聲音，倏地消失無蹤。

「超域技能被彈開了……!?」

那光景使傑特訝異不已。能彈開超域技能的，只有更高位的神域技能而已。葛倫說過自己異變而來的神域技能已經消失了，理應無法彈開超域技能才對。

就在傑特感到動搖時，葛倫的頭痛似乎終於平息，渾身無力地沉默下來。但他的側臉還是緊繃著，呼吸粗重，圓睜著眼凝視虛空。

「你、你還好嗎？」

傑特戰戰兢兢地發問，葛倫垂下頭，茫然地道：

「……記憶……」

「咦？」

「……那位大人的身影……我想不……起來……──」

葛倫說著，身體忽然向前栽倒。「葛倫！」傑特連忙伸手扶住他的肩膀。

「葛倫？喂！」

傑特連連呼喚葛倫的名字，可是葛倫沒有反應。只見他身體癱軟，滿身大汗，臉色如紙般蒼白，人已經昏過去了。

「我、我去叫治癒師！」

露露莉跑出房間，幾秒後，幾名治癒師衝了進來，圍繞在昏倒的葛倫身邊，病房中轉眼間變得慌亂不已。

亞莉納與白銀們只能怔怔地看著那光景，因為礙事而被趕出病房。

47

傑特等人離開治療院，來到大馬路上。

根據治癒師的說法，葛倫沒有什麼大問題，需要擔心的，只有因為重創初癒而衰弱的體力。

由於身體內外都沒有檢查出異常，就連治癒師們也不明白他劇痛的原因，只能讓葛倫先睡去。

「……到底發生了什麼事……？」

傑特走在夕陽下的馬路上，回想著治療院的事，悶悶地思考著。連治癒師也查不出原因的頭痛、能彈開超域技能的強大力量，以及葛倫昏迷前說的話——毫無預警地在眼前發生的一切，愈想愈無法以常理說明。

「……應該是封口吧。」

勞如此低聲道。

「黑社會的老傢伙們偶爾會使用禁術。是直接施展在腦上，在符合條件時使人產生記憶障礙的禁術魔法——可是能把露露莉的技能彈開，代表那不是魔法呢。」

「……神域技能。」

傑特把手指抵在下巴，接著道：

「如果葛倫剛才異常的原因，是被『那位大人』封口的話……表示那傢伙也有神域技能……」

「而且知道『那位大人』的真正身分，會讓我們有不好的回憶。不就等於我們認識那個人嗎？」

兩人的對話，使垂著肩膀的露露莉悲傷地道：

「……我們……又被什麼人操弄了嗎……」

「……」

儘管馬路上熱鬧喧囂，白銀一行人周圍的空氣卻很沉重。到頭來，他們不但沒能從葛倫那裡問出任何「那位大人」的事，而且還明白了整件事背後有更巨大的黑幕。只留下彷彿被人玩弄在股掌上似的煩悶感。

亞莉納嘆了口氣，吹散壓在白銀身上的沉重氣氛。

「雖然事情的發展有點令人驚訝，但既然葛倫沒事，不就好了？」

傑特等人一齊驚醒地抬頭，就連原本臉上罩著陰霾的露露莉，也想起了重要的事般連連點頭。

「說……說的也是！好不容易才從魔神那裡搶回身體，如果因為這件事死掉，就太令人悲——」

「葛倫還得幫我解決加班問題。他死掉的話，我會很困擾。」

「……」

亞莉納直白地說出理由，使露露莉的臉頰抽搐不已，一旁的勞也大大嘆了口氣，放鬆身體，仰望火紅的天空。

「亞莉納妹妹說的對。現在想再多也沒用。總之想利用魔神的，不只黑衣男而已。唉——為什麼每個傢伙都只想著幹危險的事啊——」

「又不是每個人都像勞一樣沒心沒肺的。」

「原來露露莉覺得我沒心沒肺的嗎？」

「……說的也是，現有的情報太少了，就算想再多也沒用。」

傑特說著，瞥了亞莉納一眼。

就像黑衣男——葛倫想利用亞莉納的力量，「那位大人」說不定也有相同的打算。大陸上可能還有許多魔神沉眠，不知道下次那些人會以什麼樣的手法搞事。不好的預感掠過心頭，使傑特微微皺眉。

（得快點變強才行……）

為了不讓亞莉納的臉上出現不安。為了讓她能真正過上理想中的平穩生活——

「幹嘛？」

忽然發現傑特的視線，亞莉納的表情一下子凶狠起來。

「沒有——」

見到她那過於誠實的表情，傑特覺得有點安心。

面對傑特時，亞莉納總是毫不遮掩地展現自己的感情。見過研習時「溫文有禮的亞莉納」後，能像這樣被她以真正的感情對待，也許是一種光榮吧。

「——沒事。是說今天有多少累積的文件要處理？」

「不只今天的份，是累積好幾天的文件。你看到會嚇死哦。」

「……似乎得做到凌晨了呢。」

「還不都是因為發現了超大型迷宮……！是說既然你們既然這麼有精神，就快點去攻略迷宮啊……！」

「有、有啦，攻略有在進行哦。但畢竟是超過七層的大型迷宮，準備起來需要一點時間……」

傑特連忙對變得像惡鬼一樣的亞莉納做解釋，他身後的露露莉與勞尷尬地眼神亂飄。

＊＊＊＊

亞莉納向之後要前往公會總部的露露莉與勞道別，為了處理堆積如山的未處理事務，與傑特一起前往伊富爾服務處。

本來只想溜出來一下，沒想到會拖這麼久。原本火紅的天空已經開始轉暗了。只要想到等一下要加班，因下班人潮而熙熙攘攘的伊富爾街頭，看起來就十分可恨。

「唉——……研習一結束，就因為超大型迷宮而天天加班，而且結果也沒搶到生日假……」

亞莉納走在路上，想起生日假的事，嘟噥起來。

以生日假作為報酬，徵求業務改善方案。

結果，原本想向傳說中的櫃檯小姐羅賽塔·露柏利討教的亞莉納，被狂熱工作狂嚇到產生心靈創傷後，只能臨陣磨槍地寫出業務改善方案交出去。可是處長選中的，是伊富爾服務處最年長的櫃檯小姐提出的方案。

「我也提出了好幾個方案，那些都不行嗎？」

身為加班重要助手的傑特，在一旁歪著頭發問。

「全都不行……你提出的方案啊，全是沒有接觸過實務的人會想到的超完美理論，說的比唱的好聽，現實中是做不到的哦……」

「嗚！」

被戳中痛處，傑特無法呼吸。

「確……確實是這樣沒錯……雖然我會幫忙處理事務作業，可是沒有體驗過白天的現場情況呢。」

就算這個男人再機靈，還是比不過有多年現場工作經驗，又深知上司喜好的資深櫃檯小姐。

「是說亞莉納小姐的方案，『在服務處增設入場限制』、『增加精英冒險者的人數，迅速攻略迷宮』之類的，這些在現實中不但做不到，還殺氣騰騰的呢。」

「少、少囉唆，這是事實吧!?」

亞莉納不高興地反駁，不過她也知道傑特想說什麼。到頭來，公會總部徵求的業務改善方案，就是「不需要花費公會的金錢與時間，個人程度內就能立刻做到，多少有點效果」的方案。

「然後前輩被採用的方案，完全迎合了處長的喜好，可以說是完美……」

「什麼樣的方案？」

「說白了，就是不要自己一個人處理所有工作，忙不過來時要大聲說出來，請有空的人幫忙——這種典型的溫馨互助方案哦。」

「……」

傑特想說什麼似地張開嘴，最後又什麼也沒說地閉上了嘴。

亞莉納懂他想講什麼。那種不到三天就沒人要做的方案就行了嗎？

說起來，加班時間遽增的繁忙時期，根本不存在「有空的人」，所以那其實也是不切實際的方案。前輩櫃檯小姐是明知這一切，可是為了搶奪生日假，才故意提出那種無濟於事的方案的吧。亞莉納之所以失敗，是因為沒有充分做好迎合上司喜好的覺悟。

「……總之，打起精神來吧，亞莉納小姐。」

傑特說著無法作為安慰的話，忽然想起一件事似地，從腰包拿出某個物品。

「對了，我有東西想給妳。雖然沒辦法送妳生日假——不過，請妳收下這個。」

傑特說著，把一條串有淡綠色小型結晶的細小項鍊交給亞莉納。

「……這是『引導結晶片』？」

見到令人懷念的物品，亞莉納雙目圓睜。

引導結晶片。利用遺物製作的《白銀之劍》專用特殊結晶片。結晶總共有四片，假如任何一片的持有者瀕死，其他結晶片就會發出光芒，引導其他同伴前往瀕死的人那裡。

對經常以公會精英的身分，挑戰高難度迷宮的《白銀之劍》來說，是必要道具。亞莉納不久之前也戴過這個結晶片，但因為是白銀專用道具，被其他人看到，身分會立刻曝光，所以攻略完迷宮，就立刻還回去了。

「所以說我不打算加入白銀——」

亞莉納說到一半，忽然發現傑特給他的項鍊上的結晶片，與之前見過的引導結晶片不太一樣。之前的結晶片應該更大一點，而且有銀製的鑲座，刻著白銀的徽章。但是這塊結晶片別說

徽章了，也沒有銀製鑲座，只是結晶的碎片。

「雖然是引導結晶片，但是因為有些損壞，所以是不會發光的引導結晶片。」

「什麼啊，這不就沒有意義了嗎？」

「就是因為沒有意義才好啊。同伴瀕死時才會發光的引導結晶片，不發光不是最好的嗎？」

「……的確。」

「聽說不會發光的引導結晶片，有『誰都不會死』的祈願效果。」

傑特的說明，讓亞莉納眉尾一跳。

「……誰都不會死、嗎……」

用來通知同伴瀕死的道具不會發亮，等於沒有人會死。雖然是單純的祈願——但假如真的有帶在身上，大家就不會死的道具，還真想要呢。亞莉納模糊地想著。

「而且漂亮得像寶石對吧？我特地請人做成項鍊的。」

亞莉納凝視著手上的結晶片。雖然是失敗品，但吸收了夕陽光輝的結晶，看起來確實像寶石般耀眼。

「……是說，你突然送項鍊，是什麼居心啊？你該不會在項鍊上做了什麼能竊聽，或知道我在哪裡的機關吧……？」

「我還沒有墮落到會犯罪啦。」

「哦？不然是什麼意思？」

亞莉納握緊晶片，逼問傑特。傑特失措地支吾其詞：

「……沒有……因為那個……這次的研習……讓妳有不好的回憶……」

「所以想送禮物討好我嗎？想得很美呢。」

「唔！」

被直接說中心思，使傑特說不出話。但他還是努力地開口，繼續說下去。

「可、可是，不只是那樣而已！」

說到這裡，傑特眼神突然變得很認真，停頓了片刻後，小小地宣言道：

「……亞莉納小姐，我是不會死的。」

「啥？」

「我也不會讓露露莉和勞死的。我會變強，強到有一天不需要讓妳和魔神戰鬥。因為我希望能看到妳的笑容──雖然加班時的表情很恐怖──總之這是包含了很多想法的祈願項鍊，妳願意收下嗎？」

亞莉納凝視著傑特，那銀灰色的眸子，中確實亮著堅定的意志之光。

「……」

這個生命力強到不像人類的男人，就算不用許願，也不會簡單死掉；假如為了保護同伴，他會欣然犧牲生命。這些事亞莉納早就都知道了，但是——被傑特以認真的眼神看著，讓她忍不住別過視線。

「……反、反正很漂亮，我就收下吧。謝謝。」

亞莉納冷冰冰地說完，隨即把項鍊掛在脖子上。雖然結晶的光輝被制服遮住，但從不打扮的亞莉納突然戴起項鍊，感覺反而不自然，所以這樣剛好。

見結晶片被亞莉納戴上脖頸，傑特滿足地笑了。

「等亞莉納小姐生日時，我會送妳更厲害的東西的！大房子怎麼樣？」

「房子我已經有了，不需要。」

「是說妳有想要的東西嗎？我完全想不出來呢。」

「準時下班哦。」

「就知道妳會這麼說，不過沒有那種，更現實的東西嗎……？」

「沒有！」

兩人一面拌嘴，一面在大馬路上前進。在他們的前進方向，加班地獄正等待其中的伊富爾服務處逐漸進入視野之中。

48

「嗚哇啊啊啊啊亞莉納前輩到底去哪裡了……！快點回來啦……」

沒有其他人的伊富爾服務處辦公室，被文件之山打敗的萊菈無力地趴在桌上。

下班時間一到，亞莉納就不知道去哪裡了。雖然說會馬上回來，可是一直等不到她。最討厭一個人加班的萊菈，由衷希望亞莉納能快點回來。

「嗚、嗚，我累了……處刑人大人……」

為了百年祭而做的處刑人娃娃，被鄭重地裝飾在桌上。娃娃穿著斗篷，臉被帽兜遮住，揹著銀色的戰鎚。由於連細節都做得很講究，所以萊菈很自豪。

「處刑人大人……我的……英雄……」

萊菈說著，拿下了處刑人娃娃的帽兜。

由於是手作的處刑人娃娃，所以連帽兜底下的臉都做出來了。是萊菈想像中的，處刑人的臉——

那是一名黑色長髮的少女。擁有美麗的翠綠色眼睛，臉上掛著笑容。

沒錯。是萊菈的前輩櫃檯小姐，亞莉納・可洛瓦的臉。

「前輩，妳快回來啦……讓我們一起加班吧……」

萊菈正在哀號時，右臂突然痛了起來，使她忍不住皺眉。櫃檯小姐制服下的右臂正一陣一陣地發燙。

「……！」

確認周圍沒有其他人後，萊菈捲起制服的袖子。露出的細瘦臂膀上，刻著朝八個方位放射的黑色魔法陣。至於疼痛的原因，則在魔法陣的旁邊。鑲在手臂之中，反射著黑色光芒的小石塊——魔神核。

那即是，萊菈是魔神的證據。

「……席巴……菲娜、葳娜……」

萊菈懷念地喃喃叫著他們的名字。

他們是怎麼結束的呢？畢竟是亞莉納，肯定是不由分說地打倒他們的吧。而他們又讓亞莉納或傑特受了多重的傷呢？「吃」了多少人呢？

萊菈不願想像曾經最喜歡的他們那樣的姿態。可是，那是沒辦法的。不那麼做的話，他們就沒有辦法結束。

會永遠，維持著那種，怪物的模樣——

「……」

萊菈忍不住皺眉，用力咬牙，按捺住心中的強烈悔恨。

不行，還不行。還沒結束。還沒完成與他們的約定。

最後，自己一定也會——

「安息吧……」

萊菈小聲呢喃完，倏地抬頭。此時，她已經恢復成菜鳥新人櫃檯小姐的表情。

「嗚——好了，繼續加班吧。」

萊菈急忙地把袖子拉回原樣，以帽兒蓋住處刑人娃娃的臉，再次面對堆積如山的文件。

終

後記

各位今天也很有精神地在加班嗎？大家好，我是香坂マト。

櫃檯小姐亞莉納小姐與加班及強大的敵人戰鬥的迴避加班系異世界奇幻故事《公會櫃檯小姐》，也不知不覺來到了第三集。

本集是以冒險者公會的會長葛倫為主要角色的大叔回。雖然說是大叔回，不過是有點悲傷的故事。

活了一定歲數，嘗過人生酸甜苦辣的大叔，懷抱的東西重量果然不同呢。接受、背負起一切，今天也依然展露笑容的大叔。我喜歡那樣的大叔角色。

還有本集的最後，那個角色居然是……雖然是這樣的收尾，但黑衣大叔在幕後偷偷摸摸做什麼的部分，在這集有了答案，算是告一個段落了。

是說什麼都還沒有解決呢。亞莉納小姐的加班部分更是……她真的會有不必加班的一天嗎！？不！那天永遠不會到——咦？遠處好像傳來揮動鎚子的聲音——……

對、對了，※這本第三集出版的剛好一年前，是第二十七回電擊小說大賞公布得獎作品的日子。在各種意義上，這天對我來說，都是很特別的日子。（編註：此指日本出版時間。）

畢竟在那天之前，香坂只是個只會工作與加班與假日出勤，沒有任何目標，單純為了活下去，為了領薪水，每天以死魚般的眼神工作的無聊社畜而已——所以那天是我藉著自己最喜歡的輕小說世界，只為自己而努力，稍微取回了自己人生的日子。

出社會後，很容易忘了「為自己努力」這種非常重要的想法，回過神時，已經過著糟蹋自己的人生了。為了不變成那樣的人，請大家要好好重視自己哦！

這次也受到責任編輯吉岡大人與山口大人的多方照顧。（說到這個，我想起製作第一集，與責任編輯通信時，我不僅從頭到尾都弄錯責任編輯的名字，還讓責任編輯本人以相當顧慮的態度告訴我這件事，對社會人士來說，這是犯下了非常致命的失態……真的非常對不起……！）由衷感謝第三集也繪製了神插圖的がおう老師、出版及宣傳第三集的編輯部的各位，以及購買本作公會櫃檯小姐第三集的您。

讓我們在第四集再見吧！

東立輕小說

敗北女角太多了！4

作者：雨森焚火
插畫：IMIGIMURU
譯者：陳士晉

你想聽聽……喪屍系美人的真心嗎？
同人本之爭背後，竟隱藏著兩名少女千絲萬縷的因緣……？

月之木學姊的真人題材ＢＬ本，被學生會沒收了！
天愛星同學氣勢洶洶，聲稱要在教職員會議上提出，這樣下去文藝社即將遭遇危機。就在這時，志喜屋學姊對我們伸出援手——？
「要不要……攻陷……天愛星？」「啥!?」手段先不提，看來只能由我這個新社長去奪回了。雖然八奈見特別叮嚀我不准偷跑，志喜屋學姊好像也另有其他目的——
漸入佳境的超人氣確定敗北戀愛喜劇，第４彈！

強力上市中！

怪人的沙拉碗2

作者：平坂 読
插畫：カントク
譯者：林意凱

異世界公主想上學!?
地球人＆異界人怪咖雲集的群像劇，第二集登場！

異世界公主莎拉和女騎士莉薇亞傳送到岐阜後，很快地經過了一個月。自從開始擔任偵探的助手後，莎拉認識愈來愈多的人，也結交到了朋友，過著自在快樂的生活。惣助和律師布蘭達商量起有沒有辦法讓莎拉入學，不過……另一方面，重回街頭繼續當遊民的莉薇亞，又遇見了宗教家皆神望愛和摸摸茶小姐蜜桃臀和痞子Ｔａｋｅｏ等奇奇怪怪的人。錯綜複雜的人際關係正式陷入混沌，未來將會出現什麼樣的變化呢——

平坂読×カントク攜手合作，無法預測的群像喜劇第二彈，樂趣全開地登場！

強力上市中！

輕小說

雖然是公會的櫃檯小姐，但因為不想加班所以打算獨自討伐迷宮頭目3

(原著名：ギルドの受付嬢ですが、残業は嫌なのでボスをソロ討伐しようと思います3)

作者：香坂マト

插畫：がおう

譯者：呂郁青

日本株式会社KADOKAWA正式授權中文版

【發行人】范萬楠

【出　版】東立出版社有限公司

台北市承德路二段81號10樓　TEL：(02)2558-7277

【香港公司】東立出版集團有限公司

香港北角渣華道321號　柯達大廈第二期1207室　TEL：23862312

【劃撥帳號】1085042-7

【戶　名】東立出版社有限公司

【劃撥專線】(02)2558-7277 總機0

【美術總監】林雲連

【文字編輯】陳其芸

【美術編輯】王　琦

【印　刷】勁達印刷廠

【裝　訂】台興印刷裝訂股份有限公司

【版　次】2023年04月24日第一刷發行

GUILD NO UKETSUKEJO DESUGA, ZANGYO WA IYANANODE BOSS O SOLO TOBATSUSHIYO TO OMOIMASU Vol.3

Edited by 電撃文庫

First published in Japan in 2021 by KADOKAWA CORPORATION, Tokyo.

Complex Chinese translation rights arranged with KADOKAWA CORPORATION, Tokyo.